KB159259

나는 내 아내가 너무 좋다

한 억척 베이비부머의 효와 사랑 이야기

나는 내 아내가 너무 좋다

2017년 6월 30일 초판 1쇄

글 임석원 그림 공공이
펴낸이 김숙분 디자인 김은혜 영업 · 마케팅 이동호 홍보 · 마케팅 곽현애
펴낸 곳 (주)도서출판 가문비 출판등록 제 300-2005-60호
주소 (06654)서울시 서초구 반포대로 14길 54, 1007호(서초동, 신성 오피스텔)
전화 02)587-4244~5 팩스 02)587-4246 이메일 gamoonbee21@naver.com
홈페이지 www.gamoonbee.com 블로그 blog.naver.com/gamoonbee21/

ISBN 978-89-6902-152-6 03810

한 억척 베이비부머의 효와 사랑이야기

나는 내 아내가 너무 좋다

임석원 지음

가문비

차례

■ 서문 … 7

I. 아내와 어머니

며느리를 찾습니다 … 12
며느리 시집 교육 한 달 … 18
월급의 반을 내놔라 … 26

II. 나

나 털어놓기 … 30
사우디로 출국 … 36
사우디 입국신고 … 41
귀국당할 뻔 … 46
위험한 나라 … 48
사막 속 일터 … 55
김치 좀 줘! … 60
이런 데서는 근무 못 해 … 64
교통사고로 죽을 뻔 … 68
사우디에서 귀국 후 … 76

III. 짧은 신혼 긴 이별 : 젊어서 사서 고생

둘만 편히 살 수 없어 … 80
싱가포르로 출국 … 85
아내의 눈물과 죽음 같은 고독 … 88
첫 아이를 잃고 죽기 직전까지 갔던 아내 … 96
아내의 정신안정을 위한 특별 위로휴가 … 101
너무나도 힘든 시집살이 … 108
어머님과 장모님의 편지 … 111
동생의 위로 편지 … 115
시집에서 뛰쳐나가고 싶은 아내 … 118
'살찐 돼지'보다 '사람다운 사람' … 121
남편 없는 시집살이 2년 … 125
외할머니와 친할머니 생신잔치 … 131
독일 출장 … 134
화재 사고 … 143
현장 내 사고로 죽을 뻔 … 147
그래도 숨 쉴 휴가는 있었다 … 151
싱가포르 근무 마감 … 158

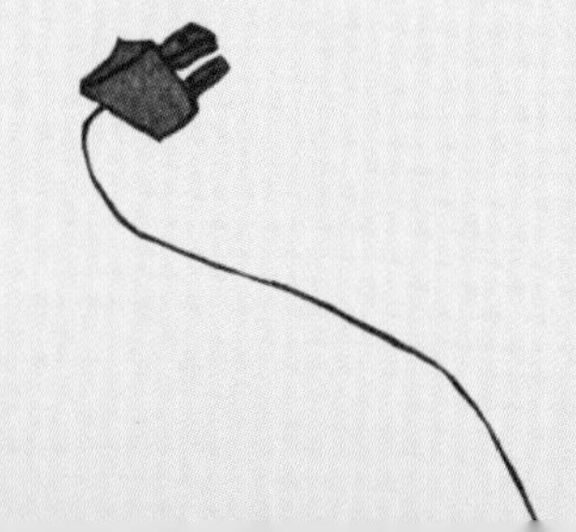

IV. 고생 후 보답받는 삶

하와이 연수와 여행 … 164
아내의 인도네시아에서 휴가 3년 … 171
피아노 레슨 선생님 아내와 견마지로의 딸 지영 … 177
우리 집의 기대주, 아들 주황을 낳았다 … 180
아내의 인생 휴가 중 여행 … 183
인도네시아 생활 마감과 분당 아파트 … 190

V. 은퇴

은퇴 준비하다가 은퇴 … 194
대전 가양동 집을 팔았다 … 203
금산 땅을 팔았다 … 205
아내와 나의 반 은퇴 일자리 … 207
완전 은퇴 후 삶 … 214

■ 에필로그 … 220

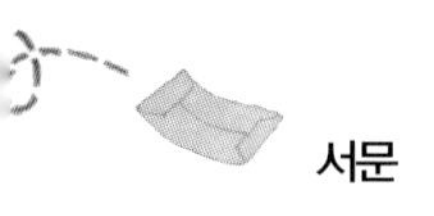

서문

외로움은 축복이다

이 이야기는 내 나이 50이 훌쩍 넘어 해외 나가 일하면서 외로이 지내던 중 썼다. 아니, 너무나 힘들고 견디기 어려운 상황에서 지면에 하소연함으로 펑펑 쏟아져 나온 글이다. 그냥 내가 살아온 이야기가 써졌다고나 할까?

나는 지리산 골짝 시골에서 태어났다. 아버지 어머니는 가난을 타개하기 위하여 돈 벌러 도시로 나가시고, 나는 초등학교 1학년부터 4학년, 도시로 전학을 하기까지 꼬박 3년을 할아버지 할머니와 살며 외롭게 지냈다. 그 당시에 무슨 전화가 있었나? 외로움에 어머니한테 부치지도 못하는 편지를 썼다. 명절에 시골에 다니러 오신 어머니께서 부치지도 못한 내 편지를 보시고 "아이구, 내 새끼……." 하시면서 나를 힘껏 안아 주시던 기억이 생생하다. 그때 청초하게 젊은 어머니의 상기된 얼굴 표정과 눈물 가득 고인 눈을 나는 기억한다. 외로움은 우리의 감성을 자극한다. 그리고 우러나와 글이 되게 한다.

유명 작가들과 감히 비교하고자 하는 의도는 전혀 없다. 다만 외로운 처지가 어쩌면 글을 쓸 수 있는 환경을 만들고 외로움이 글을 쓰게 하는 원동력이 될 수 있다는 말을 하고 싶을 뿐이다. 프랑스의 빅토르 위고가 세기의 명작 〈레 미제라블〉을 쓴 때도 프랑스에서 쫓겨나다시피 하여 벨기에에서 망명생활을 하던 외로운 시기였다. 40대 때 〈레 미제라블〉을 구상하였으나 제대로 못 쓰고 있다가 망명생활을 하기 시작한 50세부터 본격적으로 써서 60세에 발간하였다고 한다. 레프 톨스토이와 함께 러시아의 양대 문호인 표도르 도스토예프스키도 30대에 4년 동안의 수형생활과 또 다른 4년 동안의 군대생활로 외로웠던 시기를 겪고 나서 〈죄와 벌〉, 〈카라마조프가의 형제들〉을 비롯한 많은 명작을 쓸 수 있었던 것 아닌가 짐작해 본다.

90이 넘어 시를 쓰기 시작한 일본의 시인 시바타 도요를 보았다. 그녀는 99세에 시집 〈약해지지 마〉를 발간했다. 나도 용기를 내어 60이 넘어 이 책을 낸다. 나는 픽션 소설을 쓸 정도로 창작 아이디어가 있는 것도, 그런 재주가 있는 것도 아니다. 그냥 내가 살아온 소박한 이야기를 썼다. 우리 베이비붐 세대의 삶의 이야기다. 우리가 살아온 시대의 삶이 기록되고 후세의 삶에 나름 참고가 되기를 바란다. 나의 이야기가, 미국 문화가 아메리카 원주민 사회에 잠식해 들어가던 1900년대 초반, 체로키 인디언 소년의 이야기를 쓴 포리스트 카트의 〈내 영혼이 따뜻했던 날들〉같이, 우리 베이비붐 세대가 살아온 잔잔한 이야기 한 편이 되기를 소망한다. 또 1800년대 후반 유럽인들이 몰려가 아프리카를 식민지화하고 강탈하던 때 수천 년 동안 뼛속 깊이 박힌 아프리카 고유의 전통과 문화가 무시당하고 그들의 삶이 피폐해지던 진상을 쓴 치누아 아체베의 〈모든 것이 산산이 부서지다〉와 같이, 우리나라가 산업화되면서 우리 세대가 겪은 어설픈 삶의 면면을 볼 수 있기를 바란다.

2017년 5월,

임석원

I. 아내와 어머니

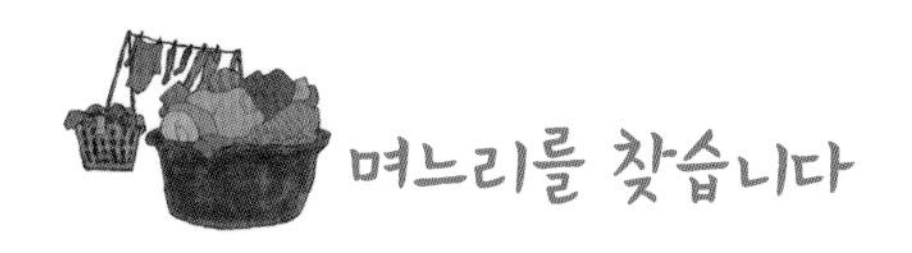

며느리를 찾습니다

"에이, 보다보다 이런 데를 다 보다니……."

어머니는 선을 보고 집에 들어오자마자 이렇게 말씀하시며 아가씨의 아버지와 어머니에 대해서 흠을 잡는 얘기를 늘어놓으셨다. 어머니는 또 여자 쪽을 소개한 고모부에 대해서도 평상시 감정이 좋지 않았던 부분까지 들먹이며 불만을 토해 내셨다. 나는 사실 맞선 본 아가씨가 마음에 들었기에 "전화드리겠습니다."라고 얘기하고 왔었다.

"아니, 장인 장모 될 사람을 갖고 그래요? 아가씨만 좋으면 되잖아요."

"좋긴 뭐가 좋으냐? '삐이~' 해가지고 뭔가 토라진 얼굴상인데."

"왜요? 저는 괜찮던데요. 제가 키가 작으니 아가씨는 키가 커서 좋고요. 나가는 학교도 우리 집에서 멀지 않으니 맞벌이하기 아주 좋겠던데요. 장모 될 사람도 저를 아주 마음에 들어 하시는 것 같고요."

"얘야, 나는 맞벌이하는 며느리 싫다. 너 돈 잘 버는데 며느리까지 나가서 일할 것 없다. 학교 선생들이 집에서 남편한테 하는 것 들어보니까 안 되겠더라. 학교에서 아이들한테 뭐든 시켜 버릇해서 집에서도 남편한테 이것저것 다 시킨다더라. 내가 선생 하는 네 막내 이모네 집에 가보니 네 이모가 이모부한테 이러더라. "애 아빠, 걸레 좀 빨아 갖고 와서 여기 좀 닦아요." 이게 뭐냐? 남자가 밖에서 일 마치고 돌아오면 집도 깨끗이 치워져 있고 편하게 쉴 수 있어야지. 선생 며느리 봤다가 너 심부름이나 시키는 꼴 보란 말이냐? 나 그런 며느리 얻고 싶지 않다."

어머니는 맞벌이하는 며느리를 원하지 않으셨다. 어머니가 아버지와 함께 장사를 하시면서 자식들 기르고 가르치다 보니 남편에게도 자식에게도 안락한 가정을 만들어 주지 못했던 게 평생 마음에 걸리셨던 것이었다. 지금도 그렇지만 그 당시에도 학교 선생님은 1등 신붓감이었는데도 어머니는 사회적 지위나 남들이 선망하는 자리 같은 것을 보지 않으셨다.

아버지는 좋아했는데 어머니가 퇴짜 놓으신 경우도 있었다. 완벽하게 결혼 준비가 되어 있다는 서울 부잣집 아가씨였다. 장인 될 분이 건설업을 하시면서 돈을 많이 벌고 강남에 산다고 했다. 딸만 셋인 집인데 상대는 첫째 딸이란다. 그런 집이 시골 출신의 평범한 우리 집과 선을 보게 된 것은 내가 대기업 건설회사에 다녔기 때문이었다. 역시 장인 될 분은 촌티 나는 나의 아버지와는 확연히 비교가 되었다. 그 어르신은 마치 회사 입사지원자를 대하는 면접관처럼 나에게 이것저것 물어보셨다. 어머니는 이런 모양새를 영 맘에 들지 않아했다. 장인 될 사람이 신랑 될 사람에게 이런 것 저런 것 가리지 않고 물어보다니……. 아버지는 잔뜩 긴장하고 계시다가 내가 바로 대답을 못하고 주춤거리면 이렇게 말씀하셨다.

"우리 아들이 아직 회사 들어간 지 얼마 안 되어서 그런 건 잘 모를 겁니다."

그런데 내가 누구인가? 어머니 아들 아닌가? 어머니는 경우에 어긋나면 때론 앙칼지게 나서는 분이 아닌가? '목에 칼이 들어와도 할 말은 해야 한다.'라고 어머니에게서 배우지 않았던가? 물어보는 대로 꼬박꼬박 대답을 했다. 집으로 돌아오는 길에 아버지는 이렇게 말씀하셨다.

"그 양반이 너 잘 본 것 같더라. 그래, 잘했다. 그 집에 딸만 셋이라니 네가 그 집 큰딸한테 장가가면 그 회사는 우리 거다. 네가 그 회사 인수하는 거야. 동생들도 졸업하고 다른 회사 들어가서 윗사람들한테 굽실거릴 것 없다. 네가 그 회사 사장하고 동생들은 임원 하는 거다."

"꿈도 야무지셔. 그런 집 나는 싫다. 얘야, 너 아예 그 집으로 장가갈 생각 마라. 어디 돼먹지 못한 사람들이 신랑 측 부모 앞에서 신랑 될 사람을 심문하듯이 이거 저거 따져 물어? 너 그 집 데릴사위로 갈 일 없다. 남자는 자기 집보다 좀 못한 집의 여자를 데려와서 큰소리치고 살아야지. 돈 좀 있다고 경우 없는 짓거리 하는 집에 장가갈 생각 꿈에도 하지 마라. 지금 회사에서 버는 것 갖고도 실컷 잘 먹고 잘 살 수 있다. 우리는 너 만큼 못 벌었어도 자식들 다섯이나 다 가르치고 잘 살았다."

그러나 아버지 생각은 달랐다.

"아무리 네가 잘 벌어도 월급쟁이다. 사업을 해야 큰돈을 모으는 거다. 사람은 돈이 있어야 무시당하지 않는다. 우리가 지금까지 살아오면서 돈 없어서 무시당한 적이 어디 한두 번인 줄 아느냐? 돈 없으면 장사도 못해. 물건 갖다 달라고 주문이 들어와도 돈이 없으면 물건을 사서 갖다 줄 수가 없잖아. 우리 평생에 그런 부잣집 만나기 힘들다. 네 엄마가 나서서 일 틀어지게 만드는구나."

아버지는 아들을 부잣집으로 장가보내고 싶어 하셨다. 또 이미 잘 닦여진 회사를 물려받을 수 있으니 동생들까지도 취직 걱정 끝이다. 그러나 어머니의 반대를 꺾을 수 있는 아버지가 아니었다. 아버지는 그저 순하고 열심히 일만 하는 분이지 자기주장을 관철하지는 못하시는 분이었다.

어머니는 친척이며 교회 친한 사람들에게 아들 중매를 부탁하였고 그들이 소개하는 데를 골라서 열댓 번 맞선을 보게 했다. 세상의 모든 어머니들에게 당신의 아들이 가장 잘난 존재이듯이 어머니에게 있어서도 큰아들인 나도 그랬다. 어렵게 5남매를 키우고 가르치신 어머니에게 학교에 다닐 때는 공부 잘하고 졸업한 후에는 대기업에 취직하고 3년간의 해외근무로 나름 큰돈을 모아 서울에 아파트까지 장만한 아들이 일등 신랑감으로 보일 수밖에 없었다. 어머니는 선을 보는 자리마다 늘 당당하게 말씀하셨다.

"우리 아이는 5남매의 장남입니다. 지금은 서울에서 회사 다니니 우리와 같이 살 수 없어도 늙으면 힘없는 부모를 모셔야 될 테고, 동생들이 서울에서 학교에 다니게 되거나 직장을 잡게 되면 데리고 있으면서 밥도 해줘야 하고 빨래도 해줘야 합니다."

어머니는 큰아들의 아내를 찾고 있는 게 아니라, 우리 집 식구 일곱 사람을 잘 섬길 수 있는 며느릿감을 찾고 계셨다. 선을 보면 볼수록 어머니의 마음에는 첫 번에 본 아가씨가 점점 더 빛을 발하는 것이었다. 그 아가씨는 처음 보았을 때 예쁘다거나 어느 부분이 매력이 있다거나 확 끄는 뭔가 있는 그런 인상을 주는 사람은 아니었다. 그냥 조용하고 순하게 보이는 참한 아가씨였다. 열댓 번 선을 본 후 어머니가 선언하셨다.

"아무래도 안 되겠다. 맨 처음 본 선화동 그 아가씨랑 해라."

어머니는 결혼할 당사자인 아들의 마음은 상관없이 또 아버지의 의견도 묻지 않고 당신이 마음 가는 대로 결정을 하시었다.

어머니는 착한 며느리 맞을 복이 있었다. 인연이 되려고 그랬는지 장모님은 어머니의 조건(?)에 응하셨고 신붓감 역시 친정어머니의 뜻을 따랐다. 그녀와 나는 세 달 동안 내 근무지인 서울과 그녀가 사는 대전을 오가며 데이트를 하고 나서 결혼을 하게 되었다. 철저한 기독교 집안의 부모님 밑에서 순하디 순하게 자란 아내가 호랑이 같은 시어머니가 계신 우리 집으로 덜컥 시집을 오게 된 것이었다.

사실 그때까지 나는 연애 한 번 해보지 못했다. 학교 다닐 때는 가정형편이 어려워 장학금을 받지 못하면 학자금 대출을 받아야 했으므로 공부하느라 여학생 쳐다볼 여유가 없었다. 용돈은 아르바이트를 하여 스스로 벌어야 했으니 용돈이 충분할 리 없었다. 그러니 마음에 드는 여학생을 발견해도 데이트 신청을 해 볼 수가 없었다. 졸업 후 내로라하는 대기업에 취직을 하였지만 바로 돈 벌러 해외로 나갔으니 연애 상대를 만날 기회도 없었다. 귀국했을 땐 어느덧 서른을 향하고 있었지만 대기업의 바쁜 업무에 치여 이래저래 연애할 꿈은 꾸지도 못했다. 게다가 부모님과 동생 넷을 거느린 장남과 결혼하겠다고 할 여자가 어디 있을까? 우리 5남매는 모두 어머니 말씀이라면 절대로 거역하는 법이 없었다. 이런 분위기 속에서 순종만 요구되는 며느리 자리에 누가 오려고 하겠는가? 나는 가만히 어머니의 선택을 기다리는 수밖에 없었다.

아내는 학교 졸업 후 부모님 곁을 떠나지 않고 대전의 한 공기업에 취직하여 몇 년째 근무 중이었다. 어려서부터 신앙생활을 하였으므로 교회의 여러 모임에서 활동하고 있었다. 남자를 사귈 기회는 많았지만 부모님께서 허락하지 않았다고 한다. 스물다섯을 넘기도록 특별히 사귀는 남자가 없자 주위에서 선이 들어오기 시작했다. 그러나 선을 보지는 않았다고 한다.

우리는 둘 다 연애도 못해보고 부모님 말씀에 순종하여 결혼을 하게 되었다. 몇 번의 짧은 만남에서 연애감정이 펑펑 샘솟는 정도는 아니었지만 결혼을 전제로 만났으니 우리는 만날수록 서로에 대한 신뢰감을 확신하게 되었다. 이렇게 해서 결국 어머니의 '며느리 구하기'는 결실을 맺었다.

1983년 여름, 아내와 나는 앞으로 둘이 걸어갈 새로운 인생 여정의 막을 열었다.

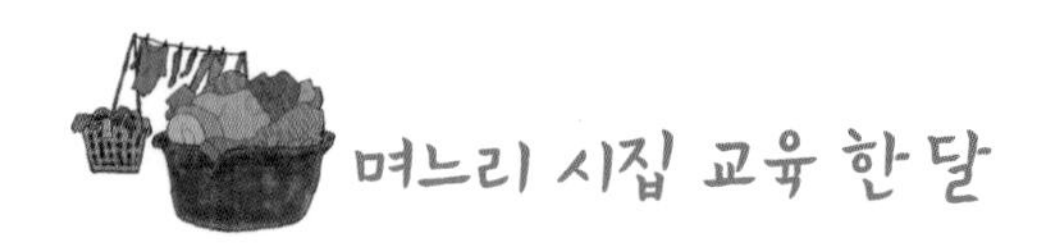

며느리 시집 교육 한 달

서울에서의 신혼생활에 대해 분홍빛 설계를 하고 제주도 신혼여행에서 돌아온 날, 어머니는 아내와 나를 불러 앉히고 이렇게 말씀하셨다.

"큰애만 서울에 올라가고 새아가는 이 집에서 한 달만 살다가 올라가거라. 결혼은 너희 둘만 하는 게 아니다. 시집이 어떻게 사는지는 알아야 하지 않겠니? 원래는 1년쯤 데리고 있으려고 했으나 그러면 큰애가 서울에서 혼자 불편할 테니……"

전혀 예상치 못한 어머니의 말씀에 아내와 나는 멍해져서 아무런 대꾸를 하지 못했다. 이렇게 신혼의 단꿈은 어머니의 말씀 한 방에 날아가 버렸다. 어머니는 우리 5남매를 당신의 의지대로 확실하게 가르치신 분이었다. 어머니의 말씀은 우리 형제자매들에게는 그대로 법이었다. 따라서 아내도 우리 식구가 되었으니 그 법을 따라야 했다. 그나마 1년 코스의 시집살이가 한 달로 줄어든 것을 다행이라고 해야 할 판이었다. 그 대신에 시집 교육 집중코스가 기다리고 있었지만 말이다. 한 달 교육 코스는 이러했다.

첫째 주

전화하기가 눈치 보여서 아내와 나는 제대로 전화도 못하고 지냈다. 1주일이 지나서 토요일에 대전 집으로 내려오니, 온 집안이 달라져 있었다. 한마디로 집안이 반짝거렸다. 그동안은 어머니께서 장사하러 다니셔서 집안 청소는 늘 대충대충 하고 살았다. 그런데 어머니는 아내에게 평생 손도 안 대어 본 데까지 묵은 때를 벗겨내라 명하셨다. 아내는 집안 구석구석 청소만 한 것이 아니었다. 할머니와 어머니가 시집오면서 해온 옛 가구의 손잡이며 걸쇠, 여닫이 장식과 전면 장식 등 온갖 놋 장식까지 다 닦았다. 제대로 닦은 적이 없어 누런 황동색의 놋이 검은색으로 변해 있었는데 어머니는 잿 가루를 묻혀서 닦아내라고 하셨다. 학교 때는 물론이고 직장 다니면서 이런 일을 해봤을 리 만무한 아내가 아닌가? 4일 동안 청소뿐만 아니라 평생 해보지도 않은 일, 고가구 장식 닦는 일을 하느라고 아내는 진을 다 뺐다고 하였다. 그러니 집안 전체가 반짝반짝할 수밖에! 저녁상을 차려오는데 아니, 이게 우리 집 상차림 맞아? 배추김치, 총각김치, 어머니가 좋아하는 물김치와 온갖 나물반찬 그리고 생선과 두부찌개 등등 반찬이 상 위에 가득했다. 집안 청소와 가구 장식 닦는 일이 마무리되어가는 것을 보신 어머니는 목요일에 각종 김칫거리와 나물들을 두 가마니나 사 오셨단다. 목요일 저녁내 다듬고 밤새 씻고 절이고, 금,

토 이틀은 꼬박 각종 김치 담고 나물반찬 하느라 남편이 서울에서 내려오는 시간까지 허리를 펼 수가 없었다고 한다. '아이고, 허리야!' 갑자기 남편인 내가 허리가 아파왔다.

시집이 살아가는 가풍을 알아야 한다며 며느리를 집안에 눌러 앉히더니 청소부로 그리고 1인 김치공장과 반찬공장 일꾼으로 부리셨던 것이다. 결혼 전 직장을 다니며 자유롭게 생활하던 아가씨를 며느리라는 이름으로 족쇄를 채우고 이렇게 부리시다니……. 아내는 1주일 동안 한 번도 밖에 나가볼 엄두를 못 내고 친구들한테도 전화 한 통 못하며 지냈단다. 나는 "그래, 이제 할 일 다 했으니 다음 주부터는 괜찮겠지."라고 위로하고 서울로 올라왔다.

둘째 주,

토요일 저녁때 대전 집에 들어서니 '이 여름에 무슨 겨울 빨래?' 온갖 묵었던 옷가지들이 집 안과 밖에 널려있지 아니한가. 어디 옷뿐인가? 온갖 겨울 이불 홑청이며 어디 틀어박혀 있었는지 보지도 못하였던 옷인지 옷감인지가 온 마당에, 거실에 가득했다. 옥상에 올라가 보니 빨랫줄에도 온갖 옷들로 가득했다. 우리 집에 그렇게 옷이 많은 줄 미처 몰랐다. 어머니는 장사하러 다니느라 20년 동안 못 하셨던 온갖 빨랫거리를 며느리에게 빨고 삶게 하였다. 어머니는 옷을 삶는 것 – 소독효과와 탈취효과 – 을 좋아하셨다. 아내는 7월 둘째 주 뜨거운 여름 더위 속에서 1주일 내내 온갖 옷을 빨고 삶는 시집살이를 하였다.

저녁 설거지를 마치고 아내가 혼이 나간 듯 멍한 표정으로 방에 들어왔다. 아무런 말도 하지 않고 나만 쳐다보는데 '완전 시집 잘못 왔다. 내가 이러려고 시집왔단 말인가?'라는 말이 아내의 얼굴에 쓰여 있었다.

셋째 주,

당시 우리 집에서는 고급 자개 상을 생산하여 시장 상점에 도매로 팔았다. 자개 상을 만드는 일은 처음부터 끝까지 일일이 손으로 해야 했다. 자개 조각으로 동양화를 그린 그림을 상에 붙이고 칠을 했다. 그런 후 그림의 자개가 나타나도록 일일이 칠을 벗겨내야 한다. 그런데 그림을 형성하는 자개 조각을 상에 붙이는 일과 자개 그림이 붙여진 상태에서 상에 칠을 하는 것은 전문 기술자가 했지만, 자개 조각 위에 칠해진 칠을 조심스럽게 벗겨 내는 일은 동네 아주머니들에게 삯을 주고 시켰다. 이 일은 구부리고 앉아서 조그만 자개 조각에 눈을 집중하여 칼질을 해야 하는 일이었다. 상 위에 칼자국이 나면 안 되기 때문에 칼질하는 동안에는 자세를 바꿀 수 없어 허리도 아프고 눈도 매우 피로해진다. 동네 아주머니들은 이 얘기 저 얘기, 때로는 음담패설을 해가면서 이 일을 했다. 그렇게 해야 지치지 않고 계속할 수가 있기 때문이었다. 그런데 이렇게 힘든 일을 아내 혼자서 꼬박 1주일을 했다는 것이다. '백지장도 맞들면 낫다'고 누구라도 붙여주어 같이 일을 하게 해 주었으면 조금 수월했으련만 어찌 이런 일을 며느리 혼자 하게 했단 말인가? 이것이 시집을 알게 하는 일인가? 남자들 군대 생활할 때 가만 놔두면 딴생각한다고 일을 만들어서 시킨다고 하는데 어머니가 그 짝이다.

내가 살짝 불만 섞인 말을 하자 어머니는 "잔소리 마라. 며느리 교육시키는 일은 내가 한다. 어느 집에 가면 시어머니 없냐? 입 다물어!"라고 단호하게 말씀하셨다. 아내는 아예 말이 없어지고 나는 아무 소리도 못한 채 셋째 주가 지나갔다.

넷째 주,

시집 교육 마지막 주다. 장마기간이라서 비가 오는데도 어머니는 여름 빨래를 시키셨다. 또 모든 면제품의 옷은 삶아야 했다. 어머니 방식대로 하면 면제품은 1주일에 한 번은 삶아야 하는데 지난주에는 봐주어서 안 시켰단다. 이제 다음 주면 서울로 올라가야 하니 여름 면제품의 옷을 삶아 놓아야 한단다. 비가 줄기차게 와서 밖에 널어 말릴 엄두도 못 내는데 8명 식구의 여름옷이 다 나왔다. 거실이고 방이고 부엌이고 건물 내에는 온통 빨래 말리는 장소가 되었지만 장마에 제대로 마를 리가 없었다.

온 집안에 빨래가 널려있는 와중에 수요일 저녁에는 온갖 김칫거리가 세 가마니나 들어왔다고 한다. 목요일과 금요일에는 대전 식구들 먹을 것 뿐만이 아니라 서울에 가져갈 것까지 김치를 종류대로 담아야 했다. 서울에서 먹을 것은 며느리가 알아서 할 일인데 말이다.

토요일에는 한 달 교육의 마지막 과제로 대청소이다. 첫 주에 온 집안을 반들반들하게 해 놓았으니 잘 유지하려면 한 달에 한 번은 손 안 닿는 데까지 쓸고 닦고 해야 한단다. 그러나 오늘이면 끝이다. 아내는 온몸이 부서지는 것 같았지만 내일이면 이곳 시집을 벗어나서 서울로 올라간다는 희망에 모든 것을 참고 또 참았다.

신혼여행에서 돌아오자마자 아내는 시집에 묶여 한 달 동안 대문 밖에 나가볼 엄두도 못 내고 시어머니의 혹독한 시집 교육을 받았다. 잠자는 시간외에는 오로지 일만 했다. 그것도 남편도 없이 철저히 혼자서 감당해야 했으니 얼마나 기가 막혔을까? 누구한테 하소연도 못하는 시집살이였다. 지금도 그때를 생각하면 아내에게 너무 미안하고 잘 참아준 아내에게 고맙고, 딸을 잘 교육시켜 주신 장인 장모님께 감사하다. 그러나 이건 시작에 불과한 시집 교육 한 달 이야기다.

배추김치, 총각김치, 어머니가 좋아하는 물김치와 온갖 나물반찬…….

청소, 빨래, 설거지…… 일이 끝이 없다.

완전 시집 잘못 왔다. 내가 이러려고 시집왔단 말인가?

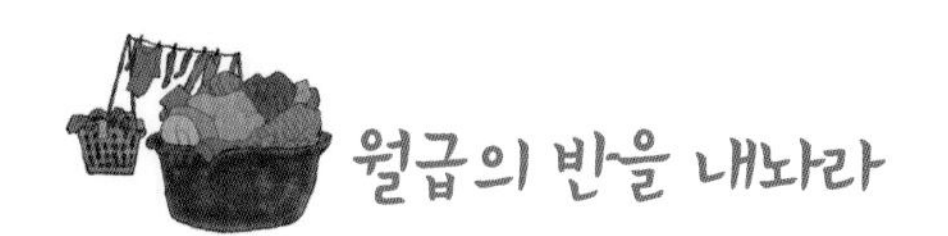

월급의 반을 내놔라

며느리 교육은 한 달로 끝이 아니었다. 어머니는 아내가 한 달 간의 고된 시집살이를 마치고 서울로 올라가기 전날 우리가 상상하지도 못한 말을 꺼내셨다. 토요일 저녁상을 물리고 아내가 부엌에서 설거지를 하는 시간에 어머니가 나를 부르셨다.

"네 월급에서 세금과 이것저것 떼고도 40만 원이 넘게 들어오는데 며늘애가 그 돈 다 갖고 살림하면 흥청망청 안 된다. 남들은 서울에서 20만 원 가지고 산다고 하니 너희도 20만 원만 가지고 살도록 해라. 십일조 4만 5천 원 헌금하고 15만 원은 내려 보내라. 내가 너 결혼시키기 전에 든 계가 있는데 다달이 15만 원씩 들어간다고 내가 며느리한테 말할 테니 그리 알아라."

어머니의 말씀은 법이다. 나는 어찌할 바를 몰랐다. 내일 서울로 올라가면 이제 시집에서 해방인 줄 알고 있는 아내, 서울로 올라가면 실 수령

액 40여만 원의 월급으로 살림하려니 알고 있는데 십일조 4만 5천 원 헌금하고 15만 원을 내려 보내라니…….

그 말을 들은 아내는 어이가 없었지만 그래도 시집살이에서 벗어나 서울의 신랑 곁으로 올라간다는 해방감에 크게 문젯거리가 되지 않았다. 더구나 남편이란 사람이 어머니의 말씀에는 꼼짝도 못 한다는 것을 이미 파악한 터라 따져봤자 아무 소용이 없을 것임을 잘 알고 있었다.

사실 아내는 결혼 전에 매달 용돈으로 10여 만 원씩 썼다고 한다. 월급은 전액 다 부모님께 드려 저축하고 보너스로만 용돈을 썼어도 보너스가 연 600%였기에 그 정도가 되었던 것이다. 그렇게 넉넉하게 살던 아내가 20만 원을 갖고 서울생활을 하려니 기가 막힐 노릇이었을 것이다. 겨울철에는 아파트 관리비만 10만 원이 나오고 생활비며 남편 용돈이며, 양가 동생들이 서울에 올라오면 용돈을 쥐어주는 것에다 경조사비까지 도무지 계산이 맞지 않았다. 그래도 바보 같은 남편은 어머니에게 순종만 하니 아내로서는 달리 뾰족한 수가 없었다.

서울에 온 우리 부부는 결국 짠순이 짠돌이가 되는 수밖에 도리가 없었다. 자린고비 생활에 길이 들여지니 그럭저럭 버틸 만했다. 돌이켜 생각해보면 어머니의 시집살이 교육이 마냥 전근대적인 의도만은 아니었던 것 같다. 아내에게 어려운 과제를 던져줌으로써 작은 것에서도 행복을 느낄 줄 알게 했다고 할까?…… 한 달 동안 고된 시집살이를 하고 나니 둘만의 신혼생활에서 오는 행복은 훨씬 컸다. 둘이 사는 첫 달부터 월급의 반이나 되는 돈을 뺏긴 덕에 야무지게 살림하는 법을 익힐 수 있었다. 그렇지 않았다면 넉넉한 월급으로 헤픈 소비생활을 했을 것이다. 그러나 그

것은 지금에 와서 드는 생각이지, 막상 당하는 아내로서는 정말 야속하고 고통스러웠을 것이다.

그러나 틈은 있었다. 보너스였다. 여름 휴가비로 보너스가 나온 것이다. 결혼 전이라면 당연히 어머니에게 신고를 했겠지만 이제는 망설여졌다. 아내에게 너무 미안했던 나는 보너스는 어머니에게 말씀드리지 말고 쓰자고 했다. 그리고 우리는 8월 초에 강원도 화진포 해수욕장으로 휴가를 다녀왔다. 그런데 비밀이 어디 있겠는가? 여름방학이라 동생들이 서울 형네 집에 올라와 며칠 머물게 되면서 형과 형수가 바닷가 해수욕장에서 찍은 사진을 보게 된 것이다. 우리 집 형편에 바캉스를 갈 수 없는 줄을 뻔히 아는 동생에게 보너스 이야기를 아니할 수 없게 되었다. 어머니께는 말씀드리지 말라고 부탁했지만 동생은 다른 동생들과 이 이야기를 하게 되었고 다른 동생들이 "큰형이 보너스를 받고도 엄마한테 이야기 안 하고 형수랑 놀러 갔다 왔다."라고 어머니에게 일러바쳤다. 아들이 결혼을 했어도 여전히 품 안에 있어야 한다고 여기는 어머니에게 우리는 혼쭐이 났고 결국 보너스에서도 15만 원을 내려 보내야 했다.

II. 나

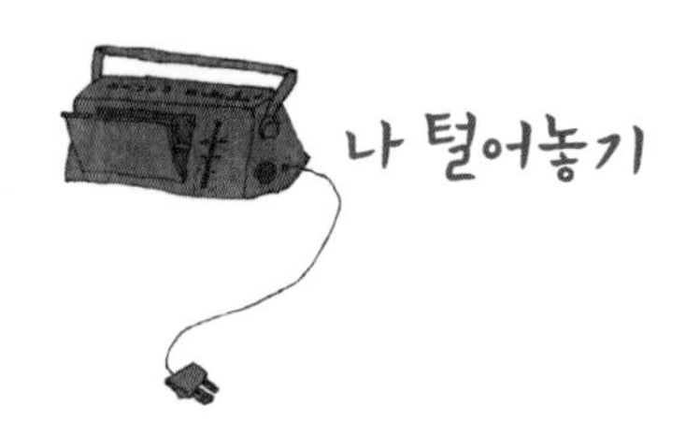

나 털어놓기

나는 지리산과 덕유산 자락이 겹치는 산골 마을에서 태어났다. 6·25 전쟁이 끝난 후에 부모님이 결혼하여 장남으로 태어났으니 나는 우리나라 베이비붐 세대의 시작이다. 그 당시 우리나라의 국민소득은 1인당 100달러도 안 되었다. 지금 지구 상의 최빈국에 속하는 아프리카 소말리아와 에티오피아의 1인당 국민소득도 700달러를 넘고, 아시아에서 가장 가난한 나라 아프가니스탄도 2,000달러를 넘는다. 그러니 지금은 상상하기도 어려운 아주 가난한 나라에서 나의 인생이 시작된 셈이다. 그렇지만 어린 시절에 가난이 무엇인지 알 리 없었다. 부모님이 우리 형제들을 가르치기 위하여 도시로 나오기 전, 열 살 때까지는 첩첩산중 시골에서 철없이 뛰어놀며 자랐다. 요즈음에 많은 사람들이 휴가철이 되면 청정지역이라고 찾아가는 지리산 골짜기에서 살았으니 천혜의 자연환경에서 삶의 초창기를 보낸 셈이다.

나는 시골에서 자랐지만 어릴 때부터 총명하다는 소리를 들었다. 그 지방에서 용하다는 점쟁이 할머니가 우리 동네에 와서 나를 보고 '장차 큰 인물이 될 사람'이라는 말을 하였는데 과장되게 전해져서 '석원이가 대통령이 된대, 우리 동네에서 대통령이 난대.'라는 말이 돌기도 했다. 초등학교 들어가서 치른 시험마다 1등을 하고 반장에도 선출되고 하니 부모님은 이런 자식을 시골에 그대로 놔둘 수 없었다. 부모님은 나와 동생들을 가르치기 위하여 대전으로 나오셨다. 도시로 나갈 돈이 있어서 집을 얻고 장사 준비를 하고 이사를 하신 게 아니었다. 아버지가 먼저 나가 있던 대전 주소만을 들고 어머니는 2살, 4살의 어린 동생들을 데리고 옷 몇 가지를 싸서 이고 나가셨다. 아버지는 급전을 얻어서 대전 삼성동 허름한 집의 방 한 칸을 월세로 얻으셨다. 이러한 형편에 초등학교 1학년이었던 나는 시골집에서 할아버지 할머니와 살 수밖에 없었다. 아버지 어머니는 나를 대전으로 데려오기 위해 열심히 장사를 하여 돈을 모았다. 3년 후 가양동에 집 반 채, 방 두 개를 전세로 얻었다. 그리고 내가 4학년이 되던 해 대전으로 전학을 시켰다. 경상도 사투리를 쓰는 산골 촌놈이 도시 학교로 전학을 오니 처음에는 선생님의 충청도 말을 잘 알아듣지 못했다. 첫 구술시험에서 점수가 좋지 않게 나왔다. 아들이 시골에서 똑똑하다고 해서 큰 인물로 키우려고 도시로 나왔는데 구술시험 성적이 좋지 않자 어머니는 나를 붙들고 공부를 시키셨다. 시간이 지나면서 차츰 충청도 억양에 익숙해지고 도시 학교생활에도 적응하게 되었고, 내 성적도 정상궤도에 올라 1~2등을 다투게 되었다. 이렇게 시작된 지방도시에서의 배움은 대학교까지 이어졌다. 대학교만큼은 서울로 진학하려고 했지만 서울로 올라가 치른 대학 입학시험에서 떨어지고 말았다. 학비가 비싼 후기 사립대학교를 갈 수는 없었다. 그렇다고 재수를 할 수도 없었다. 재수 1년이면 대학 1년을 다닐 수 있는 돈이 드는데 어떻게 재수를 한단 말인가? 어쩔 수 없이 지방대학에서 장학금을 받기도 하고 아르바이트도 하면서 대학교를 다니게 되었다. 대전에서 초등학교 4학년부터 대학교까지 다녔으니 지금도 대전에 내려가면 반겨주는 친구들이 많이 있다. 대전은 나를 행복하게 해 주는 실제적인 고향이 된 셈이다.

1979년 4월 15일에 군대생활을 마치고 제대를 했지만 봄 학기에 성공적으로 복학을 했다. 제대하기 전 2월 말 특별 휴가로 나와서 4학년 1학기에 복학하였기 때문이다. 3월 초부터 중순까지 학교 다니다가 군에 복귀하여 군대생활을 하였다. 재차 3월 하순 말년 휴가를 나와서 학교 다니다가 다시 군에 복귀하였다가 4월 15일 전역하였다. 당시 군 복무 기간이 33개월이어서 거의 모든 남자 대학생들은 군 복무를 위하여 3년 휴학 후 복학하였다. 그러나 나는 1, 2, 3학년 때 받은 교련과목의 혜택을 십분 활용, 휴학기간을 2년으로 단축, 1년을 벌었다.(당시 73, 74학번 대학생들은 3학년까지 6학기 동안 교련과목 6학점을 이수하면 군대생활 6개월 단축 만기제대를 하였다.) 나는 1년이라도 더 빨리 졸업하고 취직하여 부모님을 도와서 동생들을 가르치는데 힘을 보태야겠다는 생각뿐이었다. 4월 중순 전역하고 4월 하순 중간고사를 치르게 되었다. 학교 공부를 시작하자마자 시험을 치렀으니 4학년 1학기 내 성적은 전 과목이 'B'였다. 4학년을 가르치는 교수들이 지방대학 졸업생에게 'C'를 줄 수는 없었을 테니 All 'B'가 되지 않았나 하고 추측한다. 1학기 중간고사를 마치니 5월 초였다. 9월 초에 대기업 입사시험을 본다. 시험 준비 기간이 4개월밖에 남지 않았다. 대기업에 합격하기 위해 그야말로 죽어라고 공부하였다. 군대 갔다 온 74학번 입학 동기 친구들은 3학년이었다. 친구들은 도서관에서 살다시피 하는 나를 보고 "뭐 그리 급하게 복학을 했어? 제대하고 좀 쉬고 복학하지."라고 말했지만 집안 사정을 친구들에게 말할 수는 없었다. 9월 초 나는 S그룹에 지원, 합격하였다. 도서관에서 공부하다가 밤늦게 들어온 나에게 합격통지서를 보여주며 기뻐하시던 어머니의 모습이 근 38년이 지난 지금도 눈에 선하다. 아버지 어머니께서 고생하시어 자식 키운 보람을 거두는 첫 번째 기쁜 소식이었다. 졸업 전 12월 그룹 신입사원 교육을 1주일 받고 S그룹 지방 공장들을 견학하고 S건설로 발령을 받았다. 첫 월급은 20만 원 정도 되었다. 회사 업무를 6개월쯤 익히고 1980년 5월 초 당시 해외건설의 중심지였던 사우디 아라비아로 나갔다. 첫 해외 급여로 50만 원 정도가 아버지 통장으로 입금되었다. 1979년 대학 여섯 달 한 학기 등록금이 약 12만 원이었으니 그 4배가 넘었다. 내가 장학금을 못 받으면 아버지 어머니께서는 6개월 동안 모아도 한 학기 등록금을 다 못 마련하여 학자금 융자를 받곤 했다. 그런데 내가 해외 나가자마자 한 달에 그 4배가 넘는 돈을 벌어서 보냈다. 아버지 어머니는 아들이 대기업에 들어가고 서울에서 살게 된 것만으로도 자부심에 뿌듯하였는데 해외 나가더니 이렇게 많은 월급을 받게 되자 정말 놀라셨다. 대체로 한 공사의 공사기간은 2년 정도다. 한 공사현장이 개설되면 한 팀의 조직 구성원이 바뀌지 않고 처음부터 끝까지 그 공사를 마무리하는 게 효율적임은 말할 것도 없다. 그러나 중동에서의 근무 환경이 너무 좋지 않아 많은 직원들이 1년 근무 후 귀국하곤 하였다. 회사에서는 해외 의무 근무기간을 평균 공사기간인 2년으로 늘리고 중동지역 해외 급여를 대폭 올렸다. 그다음 해 통장으로 입금되는 내 월급은 60만 원을 훌쩍 넘었다. 그다음 해에는 내 월급이 맞는가? 의심스러울 정도로 100만 원 정도가 입금되었다. 입사한 지 2년이 지난 내가 대리로 특별 승진하였고, 회사에서 해외 의무 근무기간 2년이 지나도 귀국하지 않고 계속 근무하는 직원들에게 급여 총액의 10%를 인센티브로 더하여 주었기 때문이었다. 아버지 어머니는 나의 해외 급여통장을 '도깨비 방망이'라고 불렀다. 돈이 펑펑 쏟아지는 도깨비방망이가 있으니 이제는 장사할 물건을 들여오는데 전혀 문제가 없었다. 마음먹은 대로 장사를 할 수 있었다. 정말 장사가 잘 되었다. 동생들 가르치는 학비는 순조롭게 해결되었고 우리 집 생활은 향상되었다. 동생들 대학 등록금 마련하는데 이제는 학자금 융자를 받을 필요가 없어졌다. 입고 먹는 수준도 올라갔다. 내가 중학교 2학년 때 구김 없는 합성섬유 교복이 새로 나왔다. 가격이 비쌌어도 잘 사는 집의 친구들은 앞 다투어 새로 맞춰 입었다. 고등학교 입학하면서 집안 형편이 웬만한 친구들은 거의 다 새로 나온 멋진 교복을 입었지만 나는 고등학교 졸업하기까지 옛 무명지 교복을 입었다. 내 검은색 교복은 빨면 뿌옇게 피어났고 금방 구겨져 감수성 예민한 사춘기에 말 못 하는 부끄러움이었다. 이제 동생들은 모두 구김 없고 멋진 합성섬유 교복을 입었고 친구들 앞에서 멋쩍어하지 않고 잘 어울렸다. 여동생은 중학생이었지만 같은 또래 친구들은 운동화를 신는데 구두를 신었다. 여름에 동생들은 콜라를 박스로 집에 들여놓고 먹고 있었다. 내가 학창 시절 소풍 가던 날 많은 친구들이 갖고 오던 콜라나 사이다를 부모님은 나에게 한 번도 사 준

적이 없었다. 우리 집 생활 형편이 그 정도에 미치지 못하였다. 사우디 근무 1년 후 여름에 휴가로 들어와 보니 동생들이 냉장고에서 콜라를 꺼내 마시고 있었다. 아버지는 가시는 데마다 '큰아들 자랑하기' 바쁘셨다. 어머니도 "또 제 자랑 늘어졌네."라고 핀잔은 하시면서도 흐뭇해하셨다. 시골에서 시부모 모시기 10년에 대전에서 자식 가르치기 20년, 합쳐서 30년 고생하신 결실이 이렇게도 컸으니 아버지 어머니께서는 얼마나 신이 나셨겠는가! 나중에 서울에 집도 사고 금산에 논밭과 임야도 사게 되자 어머니는 아버지한테 "이제는 자랑 안 해도 다 알아줘요. 이제는 가만히 계셔요." 하면서 자식 자랑을 자제하게 되었다. 역시 '익은 벼는 고개를 숙인다.'는 옛말이 맞다. 나는 학교 졸업하자 단박에 부모님의 30년 긴 고생에 보답하는 큰아들이 되었으니 나 역시 얼마나 뿌듯했던가!

사우디로 출국

1980년 5월 나는 10명의 기능직 사원들을 인솔하고 사우디로 출국하였다. 지금 우리나라 건설회사의 해외 공사현장에서 일하는 일꾼들은 방글라데시, 인도 등 제 3국 사람들이지만 그 당시에는 모두 우리나라 사람들이었다. 대학생에서 회사원으로 변신한 지 몇 달 되지도 않은 새파란 신입사원한테, 그것도 비행기를 처음 타보는데, 열 명의 어르신들을 모시고 가라니……. 그래도 어떻게 하랴? 회사에서 맡긴 일인데 잘 모시고 가야지. 서로 인사를 하고서 비행기에 올랐다. 비행기 안은 온통 사우디로 돈 벌러 가는 남자들 판이었다. 여자 승객이라곤 한 명도 보이지 않았다. 스튜어디스들만이 여자들이었다. 좌석은 300여 명이나 되는 승객들로 만석이었지만 너무나도 조용했다. 승객들, 사막으로 돈 벌러 가는 남자들의 얼굴에는 긴장감만이 가득했고 말 한마디 하는 사람이 없었다. 모두들 나름대로의 생각에 잠겨 있었다. 중동이라는 딴 세상에 가서 잘 지낼 수 있을까? 사막이라는 곳은 햇볕이 뜨겁고 비도 한 방울 안 내려서 나무 한 그루 풀 한 포기 자랄 수 없다는데 사람은 어떻게 사나? 기온이 40도를 오르내린다는데 잘 견뎌낼 수 있을까? 각자 형편과 계획에 따라 2년이고 3년이고 혹은 5년이라도 살아내야 하는데……. 당시에는 김포공항에서 출발, 태국 방콕을 경유하여 다란(Dahran) 공항으로 사우디에 입국하였다. 1980년에 외국 항공기는 사우디 서부의 다란 공항이나 동부의 제다(Jeddah) 공항으로만 입국할 수 있었기 때문이었다. 공항 도착 전에 함께 가는 기능직 사원 10명의 여권을 받아 사우디 입국서류 10장을 영어로 써내야 했기에 내가 써 주었다. 김포공항에서 낮에 출발하였는데 다란에 내리니 다음 날 이른 아침이었다. 문제는 다란 공항에 도착하고 나서였다. 다란 공항에서 나와 여덟 사람은 오후 2시 비행기로 리야드(Riyadh)로 가야 했고 두 사람은 저녁 6시 30분 하일(Hail)로 가는 비행기를 타야 했다. 그 당시 우리 회사의 공사현장은 리야드와 하일 두 곳에 있었다. 그런데, 국내선 항공편 예약 확인을 하니 하일로 가는 국내선 비행기에 두 사람은 대기(Waiting) 상태로 되어 있었다. 나와 여덟 사람이 리야드로 가는 항공편은 2시인데 하일로 가는 항공편은 저녁인 데다 대기(Waiting) 상태로 되어 있으니 영어도 못하고 해외에 처음 나온 기능직 두 사람을 그냥 두고 갈 수가 없었다. 사우디 내에 있는 우리 회사의 비행기 티켓과 인력 담당자와 연락을 해야 했다. 하지만 내가 알 수 있는 건 회사 수첩에 나와 있는 리야드 지사 전화번호밖에 없었다. 그 당시 우리나라에서 시외전화를 하고자 하면 114로 전화국에 전화를 하여야 했다. 교환원에게 통화하고자 하는 도시 이름과 상대방 전화번호를 알려주면 교환원이 연결해주었다.

나는 무작정 국내선 비행기 시간과 예약을 확인한 티켓 창구 사우디 사람, 직원에게로 갔다. 리야드로 전화를 해야 하는데 사무실로 가서 전화를 좀 쓸 수 있는지 문의하였다. 담당자는 공중전화를 하라고 하면서 공중전화 있는 곳을 알려주었다. 아니, 공중전화는 시내통화만 하는 것 아니냐고 반문하면서 나는 리야드로 장거리 전화를 하려고 한다고 다시 말했다. 담당자는 저기 있는 전화는 시내, 장거리 전화 다 쓸 수 있는 것이라고 했다. 그러면서 1리얄짜리 동전을 많이 준비하여 교환원이 알려주는 남은 시간을 잘 듣고 동전을 투입하면서 전화를 하라고 하였다. 우리나라에는 없는 시스템이었다. 나는 공항 안에 있는 은행에 가서 가지고 나간 돈 100달러 지폐를 사우디 화폐 리얄로 바꾸면서, 장거리 전화를 하려고 하니 20리얄은 1리얄짜리 동전 20개로 달라고 하였다.

리야드 지사로 전화를 했더니 아직 출근 전인지 전화를 받지 않았다. 15분쯤 지나서 다시 전화를 했는데도 받지를 않았다. '전화번호가 잘못되었나?' 걱정하면서 수화기를 놓으려 하는데 누가 전화를 받았다. 내 소개를 했더니 상대방은 관리 이 부장이라고 하면서 어떻게 전화를 하였느냐고 묻는 것이었다. 자초지종을 말하자 다란 – 리야드 간 항공편은 많으니 하일 비행기 대기자 두 사람을 리야드로 데리고 올 수 있는지 확인해보고 그렇게 할 수 있으면 그렇게 하고 결과를 알려달라고 하였다. 나는 다시 티켓 창구 사우디 사람에게로 가서 요청사항을 이야기하였다. 사우디 항공사 직원은 리야드로 가는 비행기 좌석은 여유가 있으니 그렇게 해 줄 수 있다고 하였다. 그리고 다란 – 리야드 티켓은 구입을 해야 한다고 하며 다란 – 하일 티켓은 나중에 환불받을 수 있다고 했다. 나는 다시 리야드 지사로 전화를 하였다. 이번에는 금방 전화를 받았다. 내 소개를 하자 상대방은 총무과 박 대리라고 하면서 관리부장에게 이야기를 들었다고 내 전화를 기다리고 있었다고 하였다. 박 대리는 나에게 돈 가진 게 있으면 있는 돈으로, 모자라면 기능직 사원들로부터 돈을 빌려서 두 사람 티켓을 사서 리야드로 데리고 오라고 하였다. 나는 내 돈과 근로자 한 사람한테서 돈 100불을 빌려서 두 사람 티켓을 구입하고 같은 비행기로 예약을 하였다. 그리고 리야드 지사 박 대리에게 결과를 알려 주었다. 비행기 편 문제를 해결하고 나니 그제야 배가 고팠다. 공항 내에 있는 간이음식점의 가격이 좀 비싸 밖으로 나가 사우디 빵과 닭튀김 그리고 콜라를 사왔다. 우리 11명은 공항 한쪽 구석에 앉아서 늦은 아침을 먹었다. 오후에 리야드 공항에 도착하니 리야드 공사현장 관리과 심 과장과 나의 사수, 지사 자재과 변 과장이 마중 나와 있었다. 기능직 사원 열 사람은 심 과장이 데리고 현장 숙소로 가고 변 과장과 나는 지사로 왔다. 변 과장이 나를 관리부장에게 인사를 시키자 그는 나를 반갑게 맞아주었다. 하일로 가는 대기 상태의 비행기를 취소하고 리야드로 오는 비행기 티켓을 구입하여 열 명 모두를 잘 데리고 왔음은 물론이고 그 당시 한국에는 없는 장거리 공중전화를 한 것에 대하여 놀라워하며 칭찬을 아끼지 않았다. 그리고 나에게 미국이나 영국에서 학교를 다녔느냐고 물었다. 돈이 없어 서울에서 학교를 다니지도 못하고 지방에서 겨우 대학을 나온 내가 무슨 해외에서 학교를 다녔겠는가. 이 부장은 내가 처음 해외 나와서 보인 영어실력과 문제 해결 능력을 높이 평가하였다. 그리고 앞으로 지사에서 제일 막내이니 전화가 세 번 울리기 전에 받으라고 지시하였다. 당시 리야드 지사에 근무하는 우리 직원들은 열 명 정도 되었다. 몇 사람 빼고는 영어실력이 그렇게 좋은 편이 아니어서 외부에서 걸려오는 전화를 받으려고 하지 않았다. 누구한테 오는 전화인지도 모르고 자신한테 올 전화도 없으니 전화를 받지 않는다.

그래서 내가 전화를 해도 아무도 받지 않고 결국은 관리 이 부장이 전화를 받은 거였다. 지사에 근무하는 동안 나는 전화받는 사람이 되어 다른 직원들의 마음을 편하게 해 주었다. 교환원이자 회사의 안내자, 때론 상담자가 되어 영어 듣기와 말하기 연습을 했다. 남들은 학원 다니며 영어공부하는데 나는 급여를 받으며 실전 영어공부를 한 셈이다.

사우디 입국신고

처음 사우디에서 맡은 일은 리야드 지사에서 자재 수입, 통관업무였다. 모든 업무가 그렇듯이 처음에는 선배 사원이나 대리한테 묻고 배워서 일을 하게 된다. 해외에서는 비싼 인건비 부담을 줄이기 위해 최소인원으로 조직을 편성할 수밖에 없다. 해외업무 경험이 없는 신입사원이나 다름없는 내가 리야드 지사에서 업무에 대하여 묻고 배울 선배는 바로 윗사람인 변 과장이었다. 그런데 그는 내가 오자마자 불과 이틀 동안 은행과 보험회사를 함께 방문하여 나를 인사시키고 통관 회사 담당자와 연락처를 나에게 주고서 급하게 유럽 출장을 떠났다. 당시 하일 상수도 공사현장의 주자재인 파이프를 구입하는데 일본 업체를 선정하고 우리 거래은행을 통하여 수입 신용장을 막 개설한 뒤였다. 그런데 신용장 전문을 받아본 일본 업체에서 긴급하게 신용장 일부 조항 변경을 요청하는 텔렉스(지금 이메일에 해당)를 보내왔다. 관리 이 부장은 나를 불러서 즉시 신용장 변경을 해주라고 지시하였다. 나는 전혀 해 보지 않은 일이고 누구한테 물어 볼 사람도 없어 몹시 당황하였다. 그렇지만 나밖에 이 일을 할 수 있는 사람이 없었다. 그날 밤 나는 사우디에 나오기 전 공부한 무역영어 책과 사무실에 있는 수입자재 파일을 모조리 뒤졌다. 신용장 개설과 변경 관련하여 은행에 요청하는 문구를 있는 대로 다 발췌해냈다. 그리고 일본 업체의 요청에 맞춰서 우리 거래은행에 제출할 신용장 변경 요청 문서를 작성하였다. 다음 날 아침 일본 업체의 텔렉스와 내가 작성한 신용장 변경 요청 문서를 관리부장에게 결재 올렸다. 이 부장은 "야아, 임석원 씨, 영어 문서작성도 잘하네. 이렇게 하면 되는 거지?" 하며 오히려 나한테 확인하면서 결재를 하였다. 1차 관문은 통과하였다.

다음은 '은행에 어떻게 나가느냐?'였다. '차도 빌리고 누구한테 운전을 부탁해야 하는데……. 운전을 누구한테 부탁한단 말인가? 내 바로 윗사람이 선임 대리이고 과장, 차장들인데. 아! 리야드 오피스빌딩 공사현장 자재담당 김 대리한테 부탁하면 되겠구나!' 김 대리는 변 과장이 유럽 출장 가기 전 날 현장으로 나를 데리고 가서 인사를 했었다. 나는 김 대리한테 전화를 했다.

"김 대리님, 저 지사 자재과에 새로 온 임석원인데요. 오늘 시내 나가세요?"

"그래, 왜?"

"우리 거래은행 NCB(사우디 상업은행) 아시죠? 거기 서류 좀 제출해야 하는데, 좀 해 주시겠어요?"

"나는 은행 일은 안 해봤어. 은행 업무는 지사에서 하는 거야. 임석원 씨가 해야 해. 리야드 지리를 잘 모르지? 내가 지금 바로 나가니까, 지사로 갈게. 차 가지고 지사 앞에 나와 있어. 내가 은행까지 앞서 갈 테니까 따라와."

이렇게 말하고 김 대리는 전화를 끊는 것이었다. 아니? 차 빌리는 것도 문제, 운전도 문제, 돌아오는 길도 문제인데 어쩌란 말인가? 나는 대학교 4학년 2학기 때 고등학교로 교생실습(영어교사)을 나가서 학교 운동장에서 운전연습은 해 봤지만 도로에서는 운전을 해 본 적이 없었다. 운전 면허증도 없었다. 그런데 외국에서 운전을 해? 생판 낯설고 지리도 모르는 도시에서? 해외 생활에서 영어와 운전은 기본이라더니 지사장은 내가 영어를, 김 대리는 내가 운전을 당연히 한다고 여기고 있었다. '에이 할 수 없다. 하는 거다.' 총무과에 가서 차를 빌려서 나갔더니 바로 김 대리가 왔다. 김 대리는 시동도 끄지 않고 내리지도 않고 "길 쉬워. 나 따라오기만 해." 라며 뭐가 그리 바쁜지 바로 차를 앞으로 뺀다. 엉겁결에 나도 시동을 걸고 김 대리 차를 쫓아갔다. 구름 한 점 없는 사우디 하늘이다. 40도 뜨거운 날씨에 면허증도 없이 운전을 하니 졸인 가슴에서 흘러내리는 진땀으로 온몸이 흥건했다. 은행 근처에 가까이 오자 김 대리가 빈자리를 발견하고서 주차하라는 신호를 보내왔다. 나는 도로 옆에 간신히 주차를 했다. 우리 회사와 거래하는 NCB 본점은 교통이 복잡한 시내 중심가에 있었다. 김 대리는 도로 옆에 차를 세우고 차 속에서 나에게 지사로 돌아가는 길을 알려 주었다. 뒤에서 차들이 빵빵대니 오랫동안 설명해줄 수가 없었다. 은행에 서류를 제출하고 담당자와 확인을 하고 일은 잘 처리했다. 그런데 이제 지사로 어떻게 돌아간단 말인가? 리야드에는 일방통행 도로가 많아 돌아가는 길이 왔던 길과 같지 않았다. 김 대리가 어찌어찌 가면 된다고 가르쳐 주었지만 과연 잘 찾아갈 수가 있을까? 지사 선임이 대리나 박 대리한테 좀 데려가 달라고 전화를 해? 은행 소파에 앉아서 한참을 고민에 빠졌다. 다시 차를 운전하고 지사로 돌아갈 생각을 하니 엄두가 나지 않았다. 꼼짝도 못 하고 정말로 한 시간을 넘게 앉아 있었다. 그러나 어쩌랴? 어느 누가 '졸개'인 나를 와서 데려간단 말인가? 용기를 냈다. 내가 다시 운전해 돌아갈 수밖에 다른 길이 없었다. 결국 나는 해냈다. 지사에 돌아오니 온몸이 땀투성이었다. 땀에 젖은 옷이 마르자 등허리 부분이 위에서 아래로 두 줄, 양쪽 다리 허벅지 뒷부분이 두 줄로 허옜다. 땀이 마르고 난 후 남은 소금기가 말라서 그렇게 된 것이었다.

사우디 도착 후 첫 번째 주말이었다. 토목 고 과장이 차 키를 가지고 와서 귀국 휴가 준비하러 쇼핑 가는데 함께 가자고 하였다. 차 키를 주면서 '명동' (우리 한국 사람들끼리 붙인 리야드 거리 이름)에 가자고 나보고 운전을 하란다. 고 과장은 내가 명동과 청계천(역시 우리 한국 사람들끼리 붙인 리야드 거리 이름) 사이에 있는 NCB에 갔다 왔음을 알고 하는 말이었다. 윗사람이 같이 나가자고 하니 할 수 없이 차를 운전하고 나갔다. 사우디 리야드 명동도 역시 여러 갈래 복잡한 골목길이었다. 상점들이 몰려있는 곳에서 좀 떨어진 곳에 주차를 하고서 번화한 거리로 들어가는데 갑자기 코피가 났다. 지난 1주일 동안 너무 무리하게 일을 해서 피로가 쌓여서 그런가 보다 생각을 하였다. 그런데 옆에 같이 걷던 고 과장이 이렇게 말하였다.

"임 주임도 사우디 입국신고 이제 하는구먼. 사우디 특히 리야드는 너무 뜨겁고 건조해서 처음 오는 사람은 누구나 1주일쯤 지나면 코피를 쏟게 되어 있어."

고 과장이 휴지를 건네주면서 말했다.

"사우디에서는 항상 휴지를 갖고 다녀야 해. 화장실에도 휴지가 없어. 사우디 사람들은 용변을 보고 물로 씻어."

그 이후로 나는 언제나 휴지를 가지고 다니는 버릇이 생겼다. 사우디 입국 신고한 지 37년이 지난 지금도 내 주머니에는 항상 휴지가 있다. 아내는 휴지가 필요할 때면 나에게 휴지를 달라고 한다.

귀국당할 뻔

리야드 지사에서 일한 지 두어 달쯤 지났을 무렵, 항공화물로 수입된 자재를 통관하려고 리야드 공항에 갔던 때였다. 우리 회사에서 사우디에 진출한 후 처음으로 항공화물을 통관하는 일이었기에 어느 누구도 경험이 없었다. 나는 용감하게 리야드 공항에 나가 묻고 물어서 공항세관을 찾아갔다. 아, 그런데 여기서 우리 회사 사우디 통역관 압둘라 씨(Mr Abdullah)를 만날 줄이야! 관리 이 부장이 항공화물 통관절차에 대하여 알아보라고 압둘라 씨를 공항세관에 보냈던 것이었다. 나는 세관 카운터에서 담당 직원과 이야기를 하고 있는 압둘라 씨를 보고 너무 반가워 "미스터 압둘라!"라고 크게 말하면서 그의 엉덩이를 손바닥으로 찰싹 쳤다. 그런데 압둘라 씨는 얼굴이 벌게지더니 나에게 발길질을 하는 것이었다. 그는 "유 고 백!(You go back!)"이라고 한마디 하고서는 주차장으로 황급히 가버렸다. 내가 영문을 몰라 멍하니 서 있었더니 세관 직원이 사무실로 빨리 돌아가 보라고 하였다. 사무실에 오니 압둘라 씨의 성난 목소리가 크게 들려왔다. 이 부장한테 나를 당장 귀국시켜야 한다고 말하고 있었다. 내가 들어갔더니 압둘라 씨는 "유 마스트 고 백 투 코리아!" (You must go back to Korea.) 하고 또 식식거리며 나가버렸다. 이 부장은 내가 공항 사람들 앞에서 압둘라 씨의 엉덩이를 손바닥으로 때렸는지 물었다. 그랬다고 대답했더니 큰 실수를 저지른 것이라고 말했다. 이슬람교 문화에서는 가족이거나 아니면 섹스를 하는 정도로 아주 가까운 사이에서만 엉덩이를 때린다는 것이었다. 압둘라 씨에게 큰 모욕을 준 것이었다. 내가 큰 실수를 저질렀다는 것을 알게 되었다. 나는 바로 압둘라 씨에게 사과를 하러 갔지만 그는 여전히 식식거리며 사무실을 나가버렸다. 다음 날 화를 가라앉힌 압둘라 씨에게 정중하게 사과를 하고 그런 문화를 모르고 한 행동이었으니 용서해 달라고 빌었다. 그날 이후로 압둘라 씨와 약간은 멋쩍게 지낼 수밖에 없었다. 내가 귀국당할 뻔한 사건이었다.

위험한 나라

사우디에 온 지 세 달쯤 지난 어느 날 나의 사수인 자재과 변 과장이 아침 과장 회의를 마치고 와서 나에게 말했다.

"임석원 씨, 내일이나 모레 제다에 좀 다녀와야겠어. 현장에서 마블 언제 들어오느냐고 난리야. 경리과에서 오늘 자금 확인하고 결재해준다고 했으니까 확인해보고 결재되는 대로 은행에 가서 선적서류 찾아와. 선적서류 받는 대로 제다 통관사에 갖다 주어야 해. 처음이니까 내가 함께 가야 되는데 일이 바쁘니 혼자 갔다 와. 통관사에는 내가 전화해 놓을게."

사우디로 수입하여 들여오는 자재는 대부분 서부의 제다와 동부의 담맘(Dammam) 항구로 들어온다. 대개 유럽에서 선적하는 물품은 제다로, 한국과 아시아 쪽에서 싣는 자재는 담맘으로 들어온다. 리야드에서 제다와의 거리는 약 1,000km이고 담맘까지의 거리는 약 450km이다. 담맘에 업무 보러 갈 때는 항공편으로 다녀오기도 하고 운전기사가 운전하는 자동차로 다녀오기도 한다. 통상 하루 만에 일을 마치고 올 수 있기 때문이다. 물론 일이 많을 때는 호텔에서 자고 며칠 동안 일을 보기도 한다. 제다는 자동차로 갔다 오기엔 너무 먼 거리이다. 제다에 일 보러 갈 때는 비행기를 타고 간다. 하루에 일을 다 마치더라도 그날 돌아오는 항공편이 없을 수 있기 때문에 제다에는 빌라 한 채를 임차하여 두고 자동차도 한 대 사 두었다. 제다로 일 보러 갈 때는 집 열쇠와 차 키를 가지고 갔다.

1980년 8월 18일 나는 혼자서 제다로 출장을 가게 되었다. 제다는 사우디에서 수도인 리야드 다음으로 큰 도시였다. 사우디 온 지 겨우 세 달 좀 지난 때였다. 내가 아는 말이라곤 '살람 알리이 꿈'(당신에게 평화가 있기를), '슈크란'(감사합니다) 하는 인사말 정도였다. 제다 공항에 도착하여 회사 빌라로 가려면 택시기사에게 어디로 가라고 지시를 해야 했다. 변 과장은 '알라뚤'(앞으로), '야민'(왼쪽으로), '야사르'(오른쪽으로)라는 방향을 가리키는 세 가지 단어를 가르쳐 주었다. 사우디는 관광지도 아니어서 제다 지도를 구할 수도 없었다. 변 과장이 빌라의 위치를 설명하면서 빌라 약도를 그려 주었다. 약도와 방향을 가리키는 단어를 적은 메모를 가지고 빌라로 찾아가야 했다. '뭐든지 해낸다.'는 마음을 먹고 비행기를 탔다. 제다 공항에 내려서 택시 기사에게 약도를 보여주면서 알라뚤, 야민, 야사르 세 마디를 하며 겨우 빌라를 찾아갔다. 빌라에 들어가서 통관 회사와 전화통화를 했다. 통관 회사 직원에게 공항을 출발점으로 하여 회사의 위치를 알려달라고 하였다. 리야드에서 싸 가지고 간 토스트를 점심으로 먹고 빌라를 나와 생전 처음 온 이국 도시에서 길을 찾아 나섰다. 빌라 앞에 세워둔 회사차를 찾아서 타고 설명 들은 대로 운전하여 갔다. 중간에 길을 잘 못 들면 낭패다. 그렇지만 나는 해냈다. 통관 회사의 우리 회사 담당자와 만나 마블 선적서류를 전달하고 긴급 통관을 부탁하였다. 또 통관 중인 물품들의 운송 스케줄에 대하여 얘기를 나누었다. 물품을 통관하는 항구 세관에 함께 가 보자고 했더니 미리 예약을 하여야 들어갈 수 있다고 했다. 나는 들어가 보지는 못해도 항구와 세관의 위치는 알아야겠기에 담당자로부터 위치 설명을 듣고 혼자 가 보았다. 불현듯 바다를 바라보며 혼자 자유를 느끼고 싶었다. 항구 입구에서 지나가는 사람에게 경치 좋은 바닷가가 어디 있는지 물었다. 항구 앞 복잡한 거리를 벗어나 바닷가에 차를 세우고 홍해를 바라보며 한참을 서 있었다. 그런데 친절하게 바닷가의 위치를 가르쳐주었던 사우디 사람이 나를 따라와 있었다. 그 사람은 더 좋은 데가 있다며 안내해 줄 테니 자기 차를 타라고 했다. 나는 내 차로 따라가겠다고 앞서 가라고 했다. 그는 자꾸만 북쪽으로 갔다. 시내를 벗어나니 사막이 나왔다. 해가 지려는 시간이었다. 나는 덜컥 겁이 났다. 사우디에서는 남자도 강간을 당한다는 얘기를 들은 적이 있기 때문이었다. 그때 사우디에는 외국인의 비율이 80%나 되었다. 대부분의 외국인은 남자들이었으니 사우디에는 남녀 비율이 90:10인 셈이었다. 또 사우디의 부잣집 남자들이 아내를 네 명씩이나 데리고 사는 바람에 장가를 못 간 사우디 남자들이 많았다. 그러기에 키가 작고 귀여운 외국인 남자들을 납치하여 강간한다는 것이었다. 그날 나는 당시 우리나라에서 유행하던 반도패션의 하얀 미색 바지와 변 과장이 유럽 출장 중 스위스 에어 항공사에서 기념품으로 받아와서 나에게 준 빨간 티셔츠를 입고 있었다. 그러니 무척 귀여운 젊은이로 보였을 게다. 나는 차를 홱 돌려서 오던 길로 도망을 쳤다. 하지만 그 녀석이 금방 따라왔다. 과속방지턱이 나타나자 급브레이크를 밟는 바람에 차가 튀어 오르면서 머리가 차 천정에 쿵 하고 부딪혔다. 'T'자로 고가도로가 시작되는 지점이어서 과속방지턱이 없었다면 전방 고가도로 아래 벽에 정면충돌하여 죽었을지도 모른다. 우회전하여 사거리 신호등에 멈춰 서자 그 녀석도 놀랐는지 내 옆에 차를 세우고 안 따라갈 테니 천천히 가라고 손짓을 하였다. 갑작스러운 사건으로 전혀 알 수 없는 지점에 서 있게 되었다. 나는 지나가는 사람들에게 길을 묻고 도로 표지판을 따라서 일단 공항으로 갔다. 그리고 오전에 택시를 타고 간 길로 우리 빌라를 찾아갔다. 빌라로 가는 길에 조그만 마트에 들러서 일본 라면과 싱가포르 라면, 그리고 계란을 샀다. 집에 있는 쌀로 밥을 하고 라면으로 국을 삼아 저녁과 아침을 해결해야지.

다음 날 1980년 8월 19일 오전에 제다 건설자재시장을 둘러보러 나섰다. 어제 통관 회사에서 알려준 세계적으로 잘 알려진 브랜드(Brand)가 있는 건설자재를 파는 큰 상점들이 모여 있는 거리(우리나라의 청계천이나 을지로 같은 곳)를 찾아갔다. 우리 회사가 관심을 두고 있는 자재를 파는 상점들에 들어가 상담을 하고 명함을 확보해 두려는 의도였다. 오전 이른 시간이어서 손님들이 많지 않아 좋았다. 열 군데 남짓 들어가서 건축, 전기, 설비, 토목 등 각종 자재와 공기구, 건설장비 등을 구경하고 설명도 듣다 보니 금방 12시가 되었다. 이슬람 사원 모스크에서 스피커로 크게 이슬람 기도 시간을 알리는 소리('아잔'이라고 함)가 들렸다. 모든 상점들이 문을 닫고 상점 주인과 직원들이 근처 이슬람 사원 모스크로 기도('살랏'이라고 함)하러 갔다. 이슬람교인들은 하루 다섯 번(새벽이나 동틀 때 – 정오 – 오후 – 해질 때 – 저녁) 기도를 드린다. 나도 얼른 나와서 점심으로 샤와르마(Shawarma; 큰 꼬챙이에 양고기나 닭고기를 수직 방향으로 꽂아서 불 옆에서 돌려서 익히고 익은 부분을 깎아내어서 야채와 함께 속을 넣은 즉석 버거)와 콜라를 사 들고 집으로 향했다. 샤와르마와 펩시콜라(코카콜라는 이스라엘 자본으로 된 기업이라고 해서 이슬람 국가에는 수입금지 품목이다.)는 중동 지방에서 점심으로 많이 먹던 거리 음식이다. 오전 내 자재 골목을 돌아다녔으니 온 몸과 옷이 땀으로 젖었다. 집으로 돌아와서 먼저 샤워를 하였다. 샤와르마로 점심을 먹고 한숨 자고 리야드행 비행기 시간에 맞춰 공항으로 나갔다. 어! 그런데 공항청사 입구에서 경찰 두 사람이 들어가는 사람 한 사람 한 사람 신분증 검사를 하고 있는 게 아닌가? 나는 신분증이 없었다. 여권은 회사에서 보관하고 사우디 거주 근로 허가증 '이까마(Work Permit)'는 아직 발급받지 못하였다. 나는 사정을 설명하고 리야드행 비행기 티켓을 보여주며 출발시간이 얼마 안 남았다고 들여보내 달라고 했다. 경찰은 신분증이 없으면 못 들어간다고 버스를 타고 가란다. 아니 1,000km나 되는 거리를 버스를 타고 가라니? 버스 터미널이 어디 있는지도 모르고 무전 여행객도 아니고 무슨 버스로 가라는 말인가? 화물 터미널 쪽으로 들어가 보려고 시도해 보았으나 더 여의치 못했다. 거기는 커다란 출입문을 닫고 경찰이 총을 들고 경비를 서고 있었다. 결국 시간은 가고 예정된 비행기는 출발하였다. '다시 집으로 돌아가서 내일 가야 하나?', '내일도 이와 같은 상황이라면 비행기로는 못 가는 것 아닌가?', '내일이 된다고 무슨 방도가 생기는 게 아니잖은가…', '어떻게 들어갈 방법이 없나?' 고민하면서 공항 건물 밖에서 이리저리 왔다 갔다 하고 있었다. 늦은 오후가 되면서 도착하여 나오는 사람은 여전히 많았지만 비행기 타려고 들어가는 사람들이 줄어들자 경찰 한 사람은 어디론가 가고 한 사람만이 남아 있었다. 들어가는 사람들이 뜸하게 되자 그는 공항 입구 한쪽에 갖다 놓은 높은 탁자 뒤 의자에 앉았다. 탁자는 학교 조회시간에 단 위에서 교장선생님이 연설하던 것과 같은 그런 높은 탁자였다. 나는 그의 뒤편으로 갔다 그리고 그의 시선을 주시하기 시작했다. 그가 다른 방향으로 고개를 돌리고 무언가에 취해있는 순간 나는 그의 시선을 피하기 위해 몸을 최대한 낮춰 숙이고 탁자 밑으로 살금살금 기어서 그러나 잽싸게 마치 도둑고양이가 먹이를 낚아채듯이 청사 안으로 뛰어 들어가 바로 군중 속으로 파묻혔다. 제다에서 리야드로 가는 비행기는 하루에 열 대도 넘게 운행된다. 아직도 두 편정도가 남아 있었다. 나는 사우디 에어라인 카운터로 가서 놓친 비행기 티켓을 내놓고 늦게 와서 예정된 비행기를 놓쳤다고 말하고 리야드 가는 비행기 좌석이 있냐고 물었다. 카운터에서는 바로 다음에 출발하는 비행기 탑승권을 발급해 주었다. '야호!' 오후가 아닌 저녁에 지사에 돌아왔더니 변 과장이 반갑게 나를 맞으며 물었다.

"아니? 어떻게 이제 왔어? 전화도 안 되고 걱정 많이 했는데……."

내가 자초지종을 얘기했더니 변 과장은 웃으면서 이렇게 말했다.

"임석원 씨는 참말로 용해! 리야드 공항에서 비행기 폭발사고로 리야드 공항뿐 아니라 사우디 전 공항에서 검문검색이 강화되었다는데 그 검색 망을 뚫고 돌아오다니……."

"그래요? 저는 그런 사고가 난 줄도 모르고 이까마가 없다고 제다 공항에서 안 들여보내 주길래 어떻게 오나? 하고 오후 내내 마음만 졸였어요."

"임석원 씨, 어제 가길 잘했지 오늘 가려고 했다가 그 폭발한 비행기 탔으면 어쩔 뻔했어? 오늘 그 비행기가 제다로 가려던 비행기였대. 이륙하여 출발한 지 얼마 지나지 않아서 기내에서 화재가 났다는구먼. 리야드로 회항하여 비상 착륙했는데 승객들이 내릴 새도 없이 착륙하자마자 바로 폭발했대. 승객과 승무원 301명 전원이 사망했다는군. 관리부장과 직원들 모두 '임석원 씨 제다 간다더니 그 비행기 탄 건 아니지?' 하고 모두들 걱정했어."

'세상에! 하루 차이로 생사가 왔다 갔다 했구나.' 다음 날 변 과장과 나는 리야드 공항 외곽 언덕에서 멀리 폭발한 비행기를 바라보았다. 이 비행기 사고는 지금까지 세계 역대 항공사고 중 여섯 번째로 큰 사망자 수를 낸 사고였다. 희생된 한국인도 4명이나 되었다. 그 시절 사우디에는 우리나라 86개 회사가 나와 있었고 한국인 근로자가 10만여 명이나 되었다. 그러니 이런저런 사고로 종종 한국사람이 희생되기도 하였다.

이런 위험한 나라 사우디에서 나는 3년을 지냈다.

사막 속 일터

지사에서 6개월 동안 맡은 일에 익숙해지고 일을 잘 하고 있자 하일 현장 전 과장이 나를 현장으로 보내달라고 요청하였다. 본사-지사-현장 간 협의를 거쳐 나는 10월 하일 현장으로 인사발령이 났다. 하일은 수도 리야드로부터 북쪽으로 800여 km 거리에 있는 도시인데 그 도시에 수돗물을 공급하기 위한 상수도 공사를 우리 회사에서 수주하여서 하고 있었다. 지하수가 흐르는 상수원이 네푸드 사막 접경 도시 하일로부터 사막 속으로 25km 정도 들어가서 땅 속 깊이 900~1,000m 사이 깊은 곳에 있었다. 공사 내용은 사막 속에서 물을 끌어올리는 펌프장 시설 공사와 하일까지 물을 보내기 위한 25km 파이프 관로 공사 그리고 배수지 물탱크 공사였다. 우리는 상수원이 있는 사막 한가운데에 숙소와 사무실을 짓고 생활하였다. 이른 아침 6시에 일어나 밥 먹고 7시에 일과를 시작하여 잠자리에 들기까지 사막 한가운데서 일만 하는 생활이었다. 지금은 그렇지 않지만 그 당시 건설현장은 완전 상명하복의 조직체계였다. 그래서 당시 직원들은 "군대생활 3년 한 번 더 하는 거다, 돈 버는 군대생활 3년."이라는 말을 하곤 했다. 우리는 그렇게 눈 뜨고 있는 시간에는 일만 하는 생활을 하였다. 그렇게 일만 하는데도 워낙 환경이 좋지 않으니 현장의 공사 진척도(공정률)가 계획대로 되지 않았다. 특히 건기에서 우기(비가 두세 차례 오기도 하고 바람이 불면 우리나라 겨울 못지않은 추운 날씨가 되기도 한다.)로 넘어가는 시기인 11월에는 모래바람이 심하게 불어서 공사가 계획대로 진행되지 못했다. 계절이 바뀌는 계절풍이 부는 것이었다. 모래바람이 불기 시작하면 온 하늘이 누런 흙가루였다. 심하게 바람이 부는 날에는 입안으로도 흙가루가 들어가는데 물로 몇 번을 헹구어도 없어지지 않았다. 눈썹에 흙이 쌓여 있고, 사무실에도 흙가루가 날리었다. 심지어 샤워하고 방에 들어가면 침대의 하얀 시트 위에도 노랗게 흙가루가 쌓여 있었다. 사람들은 이를 모래바람(Sand Storm)이라고 불렀지만 사실은 흙이 온 하늘로 솟구치면서 생긴 흙바람이었다. 공사기간을 맞추어야 하기 때문에 흙가루가 온 하늘을 덮어서 앞이 보이지 않는 경우를 빼곤 어지간한 모래바람에도 공사는 계속되었다. 우리 현장의 공사 진척도가 좋지 않자 11월 어느 날, 하일 지역 왕자가 진행상황을 살피러 방문하였다. '가는 날이 장날'이라고 이 날은 모래 바람이 엄청 심하게 불었다. 공사하는 모습을 보여주어야 하니 일을 중단할 수도 없었다. 전체 공사구간 25km 중 공사가 진행되고 있는 주요 지점마다 직원들이 나가서 왕자 일행을 영접하기로 하였다. 공사현장에는 300여 명의 일꾼들이 곳곳에 배치되어 공사를 하고 있었다. 일꾼들은 사우디 사람들이 둘러쓰는 빨간색과 하얀색의 격자무늬로 된 넓은 보자기 같은 천, '슈마그'를 얼굴과 머리, 목까지 내려오게 쓰고 눈만 내놓고 일을 한다. 그래야 온 하늘에 황토색으로 휘날리는 모래와 흙이 몸속으로 들어가는 것을 방지할 수 있기 때문이었다. 이 날도 모래바람이 온 하늘을 뒤덮고 있었으므로 일꾼들은 슈마그를 둘러쓴 기괴한 복장을 하고 일을 하고 있었다 왕자 일행이 오는 길목마다 직원들이 어쩌면 과장된 동작으로 경례를 붙이며 "쌀람!"(안녕, 평안의 뜻)이라고 크게 외쳐댔다. 왕자 일행이 현장 회의실에 도착하자 어느새 직원들이 일사불란하게 도착하여 일렬로 도열하고 왕자 일행을 맞이하였다. 왕자와 7명의 수행원들은 우리 15명의 직원들과 일일이 악수로 인사를 나누었다. 영어를 잘하고 해외공사 경험이 많은 공사 2팀 이 차장이 미리 준비한 현장 공사 진행 현황을 브리핑하였다. 이 차장은 우리 현장의 공사 진척도가 좋지 않게 나타난 것은 어려운 공사구간을 먼저 시행하다 보니 수치상 그렇게 나타난 것이고 이 어려운 공사구간만 지나면 공정률 만회가 될 것이라고 왕자 일행에게 확신을 주었다. 브리핑 후 담화 시간에 왕자는 현장의 어려운 환경과 공사의 어려움을 충분히 이해하였다고 말하였다. 그리고 우리 S건설과 현장 팀의 노고를 크게 치하하고 격려하였다. 왕자가 돌아가고 난 후 발주처인 사우디 정부 농림성에 하일 지역 왕자의 현장 방문 상황을 보고하였다. 그 후로 우리 현장에 대하여 우려 섞인 말은 더 이상 나오지 않았다.

모래바람이 불기 시작하면 온 하늘은 누런 흙가루였다. 심하게 바람이 부는 날에는 입안으로도 흙가루가 들어가는데 물로 몇 번을 헹구어도 없어지지 않았다. 눈썹에 흙이 쌓여 있고, 사무실에도 흙가루가 날리었다. 심지어 샤워하고 방에 들어가면 침대의 하얀 시트 위에도 노랗게 흙가루가 쌓여 있었다.

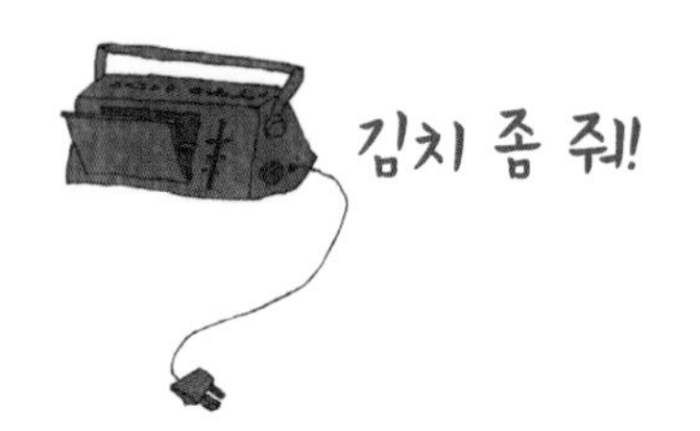

김치 좀 줘!

"와장 창창!"

옆 근로자 식당에서 식판을 집어던지는 소리가 들려왔다..

"야 씨발, 김치 좀 줘. 김치 없어? 감춰 놓고 직원들만 주지 말고 김치 좀 내놔. 맨날 고기만 먹고 어떻게 살란 말이야?"

"야, 이 새끼야, 옆에 직원 식당 가봐. 가서 니 눈깔로 똑똑히 보고 와. 반찬 다 똑같아. 나도 기능공으로 왔어. 내가 기능공들을 더 챙겼으면 더 챙겼지, 직원들 더 챙겨주는 사람 아냐. 알잖아?"

반박하는 홍 주방장의 목소리가 들렸다.

관리담당 이 대리가 근로자 식당으로 쫓아갔다.

일주일에 한 번씩 800km 떨어진 리야드에 가서 배추와 무, 상치 등을 사 갖고 오지만 사우디에서는 언제나 김치가 부족했다. 하일 현지에서 부추와 파 등은 샀지만 그건 주 반찬이 될 수 없었다. 김칫거리를 일주일에 한 차 싣고 오지만 이삼일이면 동이 났다. 좀 오래 먹으려고 좀 짭짤하게 간을 하면 근로자들은 또 불평이었다. 제대로 맛있게 해서 먹다 보면 이삼일이면 끝이 났다. 고춧가루와 젓갈류 등 주 양념거리는 한국에서 가져와야 했는데 배로 오는데 한 달 이상 걸렸다. 정말이지 홍 주방장의 훌륭한 요리 솜씨가 아니었으면 먹고살기 힘들었을 것이다.

"저놈들, 어디 한국 가서 꼬리곰탕을 먹을 수나 있는 놈들이야? 꼬리곰탕이 아무나 먹는 요리인 줄 알아? 나쁜 놈들, 뭘 알아야지."

관리 정 과장이 혼잣말 같지만 우리들 들으라고 한마디 했다. 공사 2팀 이 차장은 티본스테이크 이야기를 꺼내면서 정 과장을 도왔다.

"티본스테이크도 한국에서는 상류층 사람들 아니면 먹기 어려워요. 정 과장이 해외 여러 나라를 다녀봐서 아니까 이런 요리 저런 요리 장만해서 우리가 정말 잘 먹고 있는 거지. 정 과장 아니면 우리가 언제 그런 고급 요리 먹어보겠습니까?"

사우디에서는 이슬람교 단식월 라마단이 끝나고 벌어지는 축제기간인 이둘 피트리(Idul Fitri) 때, 대추야자나 꿀과 설탕 등으로 만든 단 과자, 사우디 케이크와 전통음식 '만디'(양고기와 쌀밥, 과일과 야채)를 준비하여 친척, 이웃들과 나눠 먹는다. 라마단 끝나고 우리 현장에서는 사우디 케이크와 '만디' 대신 티본스테이크를 준비하여 맛있게 먹었기에 이 차장이 거든 것이었다. 사실 나도 꼬리곰탕과 티본스테이크를 사우디에서 처음 먹어 보았다.

내 생일이 한 일주일쯤 앞으로 다가왔을 때다. 고향 선배이기에 친하게 지내던 관리 이 대리가 나에게 물었다.

"임 주임, 생일날 뭐 먹고 싶냐?"

"오징어나 꼴뚜기 데쳐서 초장에 찍어먹고 싶은데요."

"야 이놈아, 사우디에 오징어, 꼴뚜기가 어디 있어? 너 이슬람 국가에서는 비늘 없는 바닷고기 안 먹는 것 몰라?"

"그래요?"

다음 날 이 대리와 나는 하일 시내 마트에 가서 오징어와 꼴뚜기를 찾아보았다. 이 대리가 부식 사러 자주 가는 마트 말고 필리핀 사람들이 잘 간다는 마트에 갔더니 오징어가 있었다. 우리가 평상시 먹는 쇠고기는 국거리 1kg에 7~8리얄(2,300원), 불고기는 10~12리얄(3,300원) 정도였는데 오징어는 1kg에 20리얄(6,000원)이었다. 이 대리는 너무 비싸서 못 사준다고 하였다. 당시 우리 현장에는 소장과 직원들 모두 15명 정도였는데 나는 제일 막내뻘이었다. 저녁 먹는데 나는 소장에게 말씀을 드렸다.

"소장님, 제 생일이 다음 주인데요. 이 대리가 먹고 싶은 것 말하라고 해서 말했는데 비싸다고 안 사준 대요."

"저 놈이 1kg에 20리얄이나 하는 비싼 오징어를 사 달래잖아요. 저보다 선임들 생일 때는 10~12리얄 하는 불고기 했는데요."

"이 대리, 사 줘라. 20리얄 아니라 40리얄이라도 한번 사와라. 우리 현장에 와서 고생하려고 태어난, 귀빠진 날인데 사 줘라."

이렇게 해서 우리는 사우디에서 오징어 맛을 보게 되었다.

하일 현장에서 나는 토목 권 기사, 이 기사와 자주 어울렸다. 아무래도 나이가 같다 보니 비슷한 생각을 갖고 있었다. 우리는 젊었기에 밤에 뱃속이 출출할 때가 많았다. 그런 때마다 우리 셋은 한 방에 모여서 라면을 끓여 먹기도 했고 계란을 삶아 먹기도 했다. 라면은 직원들 방에 몇 개씩 감춰 두고 있었다. 계란은 주방에 몰래 들어가서 가져와야 했다. 계란을 훔치러 갈 땐 보통 둘이 식당으로 갔다. 한 사람은 식당에서 배식구를 열고 기어 들어가고 한 사람은 망을 보았다. 이 기사는 계란을 한 판 들고 나왔다. 방으로 와서 한 사람 당 두 개씩 계란 여섯 개를 삶을까 물었더니

"여섯 개 갖고 누구 코에 붙여? 나 혼자 반판은 먹을 텐데. 그리고 다른 사람들도 좀 줘야지. 우리만 배고프겠냐?"

설마 했는데 이 기사는 정말로 한 판을 다 삶더니 15개를 혼자서 다 먹었다. 이 기사가 지나가는 데마다 닭 똥 냄새가 풍겼다. 계란은 많이 쌓아 놓았으니까 한 판 들고 나와도 표시가 나지 않았을지 모른다.

주꾸미 한 상자를 들고 와서 해 먹었던 일화도 있었다. 어느 날 이 기사가 계란을 한 판 가지러 들어갔는데 냉동고를 열어보더니 오징어가 있어 한 박스 들고 나왔다. 그런데 열어 보니 주꾸미였다. 오히려 잘 되었다 싶었다. 칼로 자를 것도 없이 통째로 먹으면 되니까 삶아서 정신없이 초고추장에 찍어 먹었다. 다음 날 아침 먹는 시간에 관리 이 대리가 근로자 식당에 가서 소리소리 지르고 있었다.

"어젯밤 어느 놈이 주방에 와서 주꾸미 훔쳐 갔어? 다 같이 먹을 걸 몇 놈이 훔쳐 먹으면 되겠어?"

권 기사, 이 기사와 나 셋은 서로 눈을 마주치며 키득거렸다.

이런 데서는 근무 못 해

우리 현장 감독관으로 인도인과 파키스탄인이 한 명씩 있었다. 두 사람은 사우디 정부에서 발주하는 공사의 감리회사 소속으로 우리 현장에 상주하였다. 이들은 영국에서 공부하였기에 영어를 잘 했다. 우리 현장에서 관리 정 과장과 공사 2팀 기계 이 차장은 베트남과 이란 등 해외 여러 곳에서 근무한 경력이 있어서 영어로 대화하는 데 문제가 없었다. 영어로 말하기뿐 아니라 쓰기도 제일 잘하는 사람은 나의 직속상관 자재 전 과장이었다. 나도 영어로 말하고 쓰는데 두려움이 없었다. 나는 총무 일을 도와서 관리 이 대리와 시청, 경찰서 등에 가서 영어 통역을 했고 병원에 가야 하는 환자가 있을 때는 하일 병원에 가서 통역을 하였다. 현장 감독관을 가장 많이 상대하는 사람은 공무팀장과 공사팀장 그리고 공무팀과 공사팀 직원들이었다. 소장과 팀장들은 그래도 해외 경험이 있었기에 그런대로 감독관들과 영어로 의사소통이 되었다. 그러나 공사를 진행해 나가면서 현장에서 감독관과 주로 이야기를 하는 사람은 공사팀 직원들이었다. 그런데 그들이 영어가 잘 안 되니 어려움이 많았다. 영어로 의사소통이 안 되다 보니 감독관이 계약 조건보다 과도한 요구를 하여도 따지지 못하고 그냥 "예스, 예스." 하는 경우가 많았다. 또, 처음에는 농담으로 말한 선물요청이 정말로 해 주어야 하는 상황으로 바뀌었다. 감독관이 처음 귀국 휴가 갈 때는 그 당시 인기 있던 일본 전자제품 소니(SONY) 카세트테이프 레코더 한 가지를 선물했었다. 그런데 두 번째 휴가 갈 때부터는 선물이 아니고 뇌물이 되었다. 감독관이 못 사는 나라 사람들이다 보니 자기들 나라에 귀한, 당시 세계에서 제일 품질 좋은 일제 전자제품들을 요구하였다. 현장에서는 TV, 냉장고, 세탁기, 오디오세트 등 가전제품 일체를 사주지 않을 수 없게 되었다. 귀국 휴가 용돈으로 달러를 바꾸어 주었다는 말도 들었다. 문제는 나에게도 튀었다. 이런 돈을 만드는데 자재로 정리를 하란다. 즉 나보고 사지도 않은 자재를 구매한 것처럼 서류를 만들어서 감독관 접대비를 만들라는 것이었다. 나는 못한다고 하였다. 내가 누구의 가르침을 받은 사람인가? 어머니한테 '정직'을 살아가는데 제1순위 덕목으로 배우지 않았던가? 나는 이 일에 손을 대지 않기로 마음먹었다. 그러나 괴로웠다. 밤에 제대로 잠을 잘 수가 없었다. 귀국 휴가를 앞당겨서 나왔다. 옷가지며 나의 사물들을 몽땅 싸 가지고 귀국하였다. 이 현장에는 다시 나오지 않겠다고 마음먹었다. 내가 휴가로 들어갔는데 내 방에 물건이 하나도 남아 있지 않은 것을 알고서 소장은 나와 친하게 지낸 권 기사와 이 기사한테 나에 대해서 물었다고 한다. 그러나 그들에게 내가 뭐 얘기한 게 없으니 현장 사람들은 내 속 뜻을 알 수가 없었다. 다만 감독관 접대비를 자재로 정리하라고 한 것이 마음에 걸렸을 것이다. 나는 본사에 들어가서 구체적인 이야기는 하지 않고 사우디 근무가 너무 힘들어서 못하겠다고만 이야기하였다. 본사에서는 리야드 지사에 연락하여 현장에서 무슨 안 좋은 일이 있었는지 알아보라고 지시했다. 리야드 지사에 새로 온 장 부장이 하일 현장에 내려갔다 왔지만 별 일 없었다고 보고하였다. 본사에서는 나보고 사우디에서 일하기가 정 힘들면 본사에서 근무하다가 싱가포르 현장이 곧 시작되니 그리로 나가라고 하였다. 언뜻 보면 나에게 엄청나게 좋은 일이었지만 생각을 깊이 하였다. 회사를 그만두고 싶었다. 가정형편상 부모님께 말씀드리지는 못하였지만 내가 학창 시절 꿈꾸던 일에 도전하고 싶었다. 졸업 후 취직을 안 하고 행정고시 공부를 계속하는 친한 친구가 있었다. 그 친구가 부러웠다. 나와 같은 건설회사로 사우디에서 나와 일하다가 '이게 아니다' 싶어 그만두고 귀국하여 고시 공부하는 친구도 있었다, 취직한 회사의 일이 자기와 안 맞는다고 생각한 친구는 다른 업종의 회사로 옮기기도 하였다. 나도 회사를 그만두고 1년쯤 행정고시나 외무고시 공부를 하고 싶었다. 1년 안에 안 되면 또 다른 좋은 회사로 옮기면 되지 않겠는가? 그런데 아버지 어머니께 어떻게 말씀을 드리나? 60만 원을 넘게 주는 회사를 그만두겠다고 어떻게 말씀드린단 말인가? 사우디 안 나가고 본사에 근무할까? 그러면 어머니가 들어 놓은 곗돈은 어떻게 넣지? 몇 달 후 싱가포르로 나가니 그때까지만 힘들어도 어떻게 해 보시라고 말씀을 드릴까? 분명 아버지 어머니는 영문도 모르고 불안해하실 것이다. 자식 자랑에 한껏 부풀어 있는 아버지 어머니를 어찌 불안하게 한단 말인가? 사우디 현장에서는 또 나를 어떻게 볼 것인가? 회사를 그만둔다면 몰라도 싱가포르로 옮겨 나간다고 하면 어려운 사막에서 함께 일하던 동료들은 두고 저만 좋은 나라로 가는 놈이라고 욕하지 않겠는가? 완전 의리 없는 놈이 되고 만다. 이 회사를 그만둔다면 몰라도, 나쁜 놈이 되어 어떻게 계속 근무한단 말인가? 결국 나는 포부도 접고, 싱가포르로 나가라는 제안도 마다하고 다시 사우디 하일 현장으로 돌아갔다. 마치 중국 역사상 가장 뛰어난 명장이자 대인 지심(大忍之心)의 표상인 한신 장군이 젊은 시절 동네 불량배의 사타구니 가랑이 밑을 기어 지나갔던 치욕의 심정으로.

교통사고로 죽을 뻔

나는 직무상 종종 현장이 있는 작은 도시 하일에서 구하지 못하는 자재를 사러, 또는 수입자재 통관을 위하여 사우디의 수도 리야드나 서부 항구도시 제다, 동부 항구도시 담맘으로 출장을 갔다. 그러나 사우디 북부 내륙 한가운데 사막 속에서 생활하는 우리 직원들은 좀처럼 다른 지역에 가볼 기회가 없었다. 우리나라 '읍' 정도 되는 하일 시내에 나가봤자 가볼만한 데가 없었다. 외국 사람들이 가서 먹을 만한 음식점이 있는 것도 아니고 극장이나 오락거리가 있지도 않았다. 기껏해야 옷가게나 기웃거리고 가게에 나온 여자들이나 힐끔거리며 쳐다보는 게 전부였다. 그래 봤자, 여자들의 얼굴은 물론이고 손, 발도 제대로 볼 수 없다. 중동 이슬람교도 관습상 여자들은 외출 시 검은 천으로 온몸을 둘러쓴 복장을 해야 하기 때문이다. 또, 여자 혼자는 말할 것도 없고 여자들끼리만 외출하는 경우도 없다. 남편 또는 오빠나 남동생이 여자들을 데리고 나오는 게 관습이다. 이러한 나라에서 살고 있으니 두 주마다 쉬는 휴일인 금요일(중동 이슬람교도 나라에서는 금요일이 휴일임)에도 직원들은 거의 현장 숙소에서 늦잠을 자거나 사무실에 나와 고국에 편지를 쓰거나, 할 게 없으니 그냥 일이나 하기도 한다. 40도를 오르내리는 사막의 뜨거운 날씨에 어디를 간단 말인가? 사우디에 나와서 두 번째 맞는 추석 때 현장 팀장들이 피 끓는 젊은 직원들 바람 좀 쐬도록 바닷가로 하루 보내주자는 건의를 했다. 리야드에 근무하던 한 직원이 낚시를 좋아해서 휴일에 낚시를 가곤 했던 담맘 해변을 소개했다. 현장 젊은 직원들은 추석 전날 작업을 마치고 저녁을 먹고 출발하기로 하였다. 낮에는 차 에어컨을 최고로 틀어도 내리쬐는 햇볕을 피할 수 없으니 장거리 차량 운행은 가급적 하지 않는다.

젊은 우리 사원과 대리 7명은 지엠 써브반(GM Suburban)을 타고 담맘으로 출발하였다. 차량 운전은 운전기사 두 명이 교대로 하기로 하였다. 현장 주방에서 김밥과 고기, 각종 반찬, 과일을 준비하여 큰 아이스박스 세 개에 담고 '싸대기'라고 불리는 근로자들이 담근 술도 몇 병 챙겨 넣었다. 고기를 구워 먹을 불판이며 각종 냄비, 접시 등 주방장이 세세한 것까지 다 실어 주었다. 하일에서 리야드까지는 800km, 리야드에서 담맘까지는 450km로 합 1,250km 거리다. 시속 150km로 달려도 중간에 주유하고 10시간이 넘는 여정이다. 담맘에는 추석 날 아침 7시 전후 도착 예정. 젊은 우리들은 왁자지껄 떠들며 기분 좋게 출발하였다. 사막을 빠져나와 아스팔트 도로에 진입하자마자 현장의 분위기 메이커, 1공구 공사담당 이기사가 분위기를 잡는다.

"야~ 홍 방장(홍 주방장) 김밥 좀 먹어보자. 프랑스 요리 교육받은 지 얼마 안 되었으니 홍 방장이 싼 김밥은 프랑스식이 아닐까? 달팽이라도 들어 있는지 모르지."

"야, 저녁 먹은 지 얼마나 되었다고 그래? 김밥은 내일 먹을 건데."

곽 대리가 제지를 했지만 먹는다는 사람을 말릴 수는 없었다.

"내일은 무슨 내일? 사우디에서 내일이 어디 있어? 압둘라(하일 시내 자재 상가 사장)가 오늘 없으니 내일 갖다 놓겠다고 '부꾸라(내일)인샬라(신의 뜻대로)' 해도 내일 자재 들어오는 것 봤어? 지금 내 입에 들어가야 먹는 겨. 내일 먹자고 아껴놓고 내일 못 먹을 수도 있어."

이 기사는 아이스박스에서 김밥 한 상자를 꺼냈다. 한 상자는 2~3인분 정도 되었다. 젊은 우리들은 밥 먹은 지 2시간도 안 지났는데도 금방 한 박스를 해치웠다.

"야~ 이거 달팽이 안 들었잖아? 다른 거 한 박스 더 풀어보자."

또 한 박스도 금방 해치운다.

"야, 다 먹고 내일은 뭘 먹으려고 그러냐? 이제 그만 먹어."

정 대리가 제지를 했다.

"싸대기는 지금 먹어서 안 되겠지?"

"야, 내일 먹어야지. 술 먹고 경찰 검문에 걸렸다간 골로 간다. OO건설 세 사람 술 먹고 걸려서 감방 가 있는 것 몰라?"

피 끓는 청춘들이 정말 오랜만에 실컷 떠들어 본다. 그렇게 떠들다가 밤 1시, 2시가 넘어가자 한 사람, 한 사람 잠이 들었다. 사고는 새벽 3시쯤 났다. 리야드를 통과하고 막 벗어난 지점에서 도로공사를 하고 있었다. 공사구간의 우회도로에서 속도를 줄여서 운행했어야 했다. 그러나 리야드의 복잡한 시내를 답답하게 통과한지라 유 기사가 오히려 속도를 올렸기에 발생한 사고였다. 리야드 시내를 벗어나 길게 뻗은 넓은 도로를 만나자 운전을 하던 유 기사가 속도를 쭈욱 올렸는데 갑자기 좌측으로 90도 급각도의 우회도로를 만났다. 속도를 줄여서 좌회전을 했어야 했는데 속도를 미처 줄이지 못하고 좌회전하면서 차량 앞 우측 조수석 코너가 공사장 흙더미와 충돌하고야 말았다. 갑작스러운 사고에 차 안에서는 일대 혼란이 일어났다. 나는 어찌 된 영문이지 몰랐다. 왜 차를 세웠는지 의아했다. 잠에 취해 비몽사몽 상태에서 나는 용변 볼 사람들 용변 보라고 차를 세웠는가 보다 생각하고 차문을 열고 나왔다. 밖으로 나오니 갑자기 소변이 보고 싶어졌다. 후미진 곳에 가서 시원하게 소변을 보고서 차로 돌아오니 모두들 "아이고!~", "아이고!~" 저마다 비명소리를 질러댔다.

큰 사고였다. 맨 뒷좌석에서 혼자 드러누워 자고 있던 정 대리가 부웅 떠올라 바로 앞좌석의 곽 대리의 상체에 떨어져 곽 대리 허리가 꺾였다. 정 대리의 허리도 온전할 리 없었다. 평상시도 오른쪽 다리가 아프다던 권 기사도 오른쪽 다리를 잡고 끙끙대고 있었다. 운전을 하던 유 기사는 운전대에 가슴을 박아 갈비뼈가 부러졌다. 새벽인지라 차량이 많지는 않았지만 지나가던 누군가가 신고를 했는지 앰뷸런스와 경찰차가 금방 왔다. 이런 큰 사고 중에도 다치지 않고 차 밖에 나와 있던 직원들 중 리야드 지리를 아는 내가 나섰다. 경찰관과 이야기를 하는데 그의 얼굴이 어른거리며 명확하게 보이지 않았다. 그제야 나는 내 안경이 어디론가 날아가 버렸다는 것을 알았다. 나는 경찰관에게 당시 한국 간호사들이 나와서 근무하고 있는 리야드 중앙병원(Central Hospital)으로 데려가 달라고 했다. 그 병원의 간호사들은 한국 사람들이었기에 다친 우리 직원들이 증상을 쉽게 전달할 수 있기 때문이었다. 사고 부상자들을 병원으로 옮겨 입원시키고 리야드 지사에 보고를 하였다. 직원 7명과 운전기사 2명, 9명이 출발하였는데 온전한 사람이 이 기사와 김 대리 그리고 나 세 명뿐이었다.

곽 대리는 허리 부상이 심각하고, 유 기사는 갈비뼈 3개가 부러져 임시 조치 후 귀국 예정이었다. 권 기사, 정 대리, 이 대리와 예비 운전기사 원 기사는 당분간 입원하여야 했다.

주변 사람들은 사망자가 없으니 그나마 천만다행이었다고들 말하였다. 노련한 운전기사가 운전을 하였기에 이 정도로 부상자만 나온 거였다고 하였다. 속도를 줄이지 않은 상태에서 도로 각도대로 급하게 좌회전을 하였다면 차가 전복하여 충돌하였을 것이란다. 그랬다면 우린 다 죽었을 거란다. 아홉 명이 출발하였는데 세 명만이 현장으로 귀임하게 되었다. 리야드에서 하일로 돌아오는 비행기 안에서 우리 세 사람은 어깨가 축 처져 있었다. 현장 전체 직원이 전부 15명인데 일선 현장에서 뛰는 직원 네 명과 장거리 자재와 식품을 실어 나르는 운전기사 두 명을 다 병원에 두고 어떻게 얼굴을 들고서 현장으로 들어갈지 참으로 막막하였다. 그때 침묵을 깨고 현장 분위기 메이커 이 기사가 침울한 상황을 바꿔 보려고 말했다.

"어제 김밥 못 먹게 했을 때 안 먹었으면 프랑스 요리사 홍 주방장 김밥 맛도 못 봤을 뻔했잖아. 사우디에서는 내일은 없다니까. 그나마 두 상자라도 먹었기에 우리는 허리에 힘이 들어가 안 부러진 거야. 우리 못 먹게 하고 안 먹은 곽 대리, 정 대리 둘 다 허리 부러졌잖아."

그 말에 침울해 있던 우리 두 사람은 쓴웃음을 지었다.

나는 리야드나 제다, 담맘으로 자재 구매차 또는 수입자재 통관 차 출장을 다닐 때 비행기를 탔다. 사우디 현지에서 구매하는 자재든지 수입, 통관한 자재든지 물량이 많아 트럭 두 대가 넘을 경우에는 운송회사를 수배하여 하일 현장으로 보냈다. 물량이 많지 않은 경우에는 현장 차량을 리야드나 제다, 담맘 등 구매처나 통관 장소로 오라고 하여 실어 보냈다. 내가 귀국 전 카고트럭 한 대분의 공사 마감자재를 담맘에서 구매하게 되었다. 나는 항공편으로 내려가고 현장에 있는 카고트럭을 구매처로 오라고 할 예정이었다. 그런데 카고트럭을 운전하는 이 기사가 귀국을 20여일 앞두고 혼자 장거리 운행을 하려니 마음에 부담이 되었던지 나보고 비행기 타지 말고 트럭을 타고 함께 가자고 하였다. 이 기사와 나는 사우디에 나올 때 김포공항에서 함께 비행기를 탔던 사우디 입국 비행기 동기였다. 또 귀국도 3주 후 같은 날 같은 비행기를 타기로 예정되어 있었다. 나도 귀국 전 하일 – 담맘 간 1,250km의 장거리 차량여행을 경험하고 싶었다. 지난해 추석 때 우리 젊은 직원들이 낚시 가려다 리야드에서 사고로 실패하였던 코스다. 장거리 운행 시 통상 낮에는 너무 뜨거워서 출발하지 않는다. 저녁을 먹고 사우디 사람들이 둘러쓰는 빨간색과 하얀색의 격자무늬 '슈마그'를 물에 적셔서 머리와 얼굴에 둘러쓰고 출발하였다. 그 당시 트럭에는 에어컨이 없다 보니 차 창문을 열고 달릴 수밖에 없었다. 이렇게 물수건을 만들어 둘러써야 사막의 뜨거운 바람이 세차게 불어 들어와도 물수건을 거치면서 시원한 기운을 느낄 수 있기 때문이었다. 시속 100km가 넘게 달려도 중간에 두세 번 쉬게 되면 14시간이 걸린다. 목적지인 담맘에는 아침에 더워지기 전에 도착하여야 한다. 400km 더 달려서 리야드와 하일의 중간쯤 위치한 도시, 브라이다를 지나자 밤 12시가 지났다. 이 기사와 나는 주유소에서 주유를 하고 야참을 먹었다. 우리 한국 사람이 장거리 운행 시 먹는 식사는 보통 사우디의 얇고 넓적한 빵(걸레빵이라고 불렀음)에 치즈를 싸서 콜라와 함께 먹는 것이었다. 종종 닭고기를 곁들여 먹기도 했으나 수저가 안 나오고 손으로 먹어야 했기 때문에 잘 안 먹었다. 리야드를 지나 새벽 4시쯤 한 번 더 쉬고 담맘을 향해 달렸다. 어슴프레 날이 밝아오고 담맘이 가까이 다가왔다. 이 기사는 달리면서 담맘 지도를 꺼내서 나에게 주었다. 나는 한 번도 자동차로 담맘에 들어가 보지 않았었다. 내가 지도를 펼쳐서 우리가 어디쯤 가고 있는지, 담맘의 어느 방향으로 들어가게 되는지를 찾고 있었다. 그때 이 기사가 "임 대리님은 담맘에 차 타고는 안 와 봤죠. 지도 이리 주세요. 제가 볼게요." 하면서 지도를 가져갔다. 이 기사가 2차선으로 차를 운전하면서 지도를 보는데 내가 달리는 우리 차 바로 앞에 정차해 있는 트럭을 발견하였다. "앗, 차!" 내가 소리를 지르자, 이 기사는 앞차와 충돌 직전에 급히 차를 운전대 쪽으로 틀었다. 긴 카고트럭이 휘청거리면서 흔들렸다. 이 기사는 백미러로 우리 트럭 뒷부분이 정차해 있던 차와 스치는 것을 보았고 나도 이 기사도 부딪히는 '찌지직' 소리를 들었다. 하마터면 조수대에 탔던 나의 목숨이 끝나버리는 순간이 되었을 터였다. 이 기사는 정차해 있던 트럭과 접촉 사고를 냈으니 도망가기 바빴다. 다음 주유소에서 기름을 넣고 주유소 뒤편 공터에 차를 주차하였다. 이 기사는 밖으로 나와서 땅바닥에 털썩 주저앉았다. 이 기사가 울렁거리는 가슴을 진정하고 다시 차에 오르는 데는 오랜 시간이 걸렸다. 까딱했으면 옆 조수석에 타고 있던 나를 죽이는 엄청난 사고를 낼 뻔하였으니. 정말이지 순간이었다. 우리가 추돌한 트럭은 담맘에 거의 다 오자 도로변에 세워놓고 휴식을 취하고 있었던 거였다. 화물차들은 대개 밤새 달려와서 목적지 도시 30분~1시간 전의 위치에서 쉬었다가 화주와 약속시간에 맞추어 그 도시로 들어간다. 이 기사도 나도 정말 10년은 감수한 사건이었다. 담맘에 들어가서 식당에 들어갔지만 이 기사는 아침을 먹지 못하였다. 나도 제대로 음식을 먹을 수가 없었다.

현장 근로자들이 아니라 직원들의 경우 사우디나 중동에서는 공사현장에서 일어나는 안전사고보다도 도로에서 일어나는 교통사고로 죽거나 불구가 되는 수가 더 많았다. 우리 현장에서도 건축 최 대리가 현장에서 그다지 멀리 떨어지지 않은 도로에서 원인이 밝혀지지 않은 차량 전복사고로 죽었다. 그는 이혼한 어머니가 브라질에 가서 살고 있어 휴가 때 만나러 간다고 현장에서 돈도 안 쓰고 여비를 모으며 1년을 고대하고 있었다. 토목 곽 대리는 허리가 부러졌으니 앞으로 어떻게 살아갈지……. 우리 현장에서 15명 중 2명이 죽거나 불구가 되었다. 나는 업무상 우리 현장에서 차를 가장 많이 타는 사람이었다. 교통사고 당할 위험 제1순위였다.

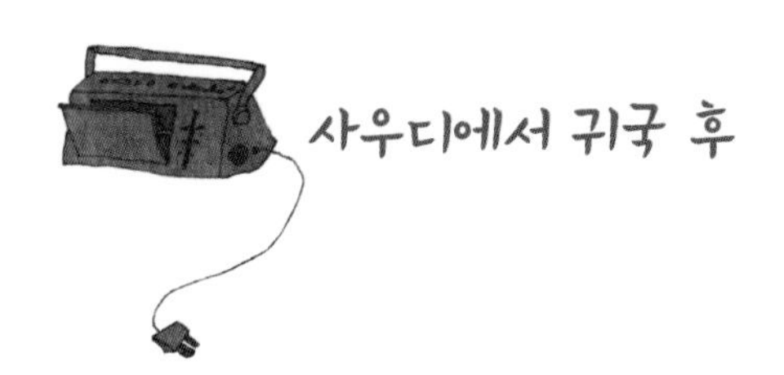

사우디에서 귀국 후

사우디 사막에서 나는 파란만장한 청춘 3년을 보냈다. 3년 동안 벌어 보낸 돈은 약 2,500만 원이었다. 이 돈은 몽땅 아버지 어머니의 장사 밑천으로 들어갔다. 아버지 어머니는 이 돈을 밑천으로 장사를 하시어 넷이나 되는 동생들을 잘 가르치시고 잘 사시고도 두 배, 5,000만 원으로 불려 놓으셨다. 1980년도 해외 나가는 직원들은 대부분 그 당시 이자율이 27.5%나 되는 근로자 재형저축에 정기적금을 들고나갔다. 3년이면 원금의 1.5배가 되었기에 목돈마련에 최고로 좋은 방법이었다. 내가 해외 발령받고서 어머니께 이 재형저축에 들자고 말씀드렸더니 어머니는 "우리가 장사하는데 그만큼 못 불릴까 봐 그러냐? 내가 알아서 할 테니 걱정마라." 하시었다. 어머니는 1.5배가 아니라 2배로 불려 놓으셨다. 어머니는 서울 서교동에서 부동산 중개업을 하시는 고모부를 통하여 4,200만 원짜리 2층 주택을 사고 800만 원은 나의 결혼비용으로 사용하려고 하셨다. 내가 귀국하기 전에 벌써 서울에 올라오셔서 고모부, 고모와 함께 서교동과 연희동 일대에 팔려고 나온 집들을 돌아다니며 다 살펴보시고 살 집을 정하고 가격 흥정까지 해 놓으셨다. 그러나 내 생각은 달랐다. 내가 벌어서 생긴 돈이라고 내가 집 사고 장가가는데 다 써 버리면 그동안 고생하신 아버지 어머니께 남는 것이 없으면 안 되지. 나는 집을 장만하고 결혼하는데 드는 비용을 내가 번 돈만 갖고 쓰기로 마음먹었다. 즉 반만 내가 쓰고 반은 아버지 어머니에게 남겨 놓기로 했다. 그래서 나는 어머니에게 아파트가 싸고 살기에도 편리하니 아파트를 사자고 했다. 어머니는 나름대로 계산이 있어서 나에게 2층 큰집을 사주려 하는 것을 나는 잘 알고 있었다. 어머니의 의도는 동생들이 서울에서 학교에 다니게 되거나 직장을 잡게 되면 2층 방을 쓰게 하고 결혼 전까지는 형수가 밥도 해주고 빨래도 해주어야 하겠기에 동생들이 들어갈 방이 있는 집을 사주려는 것이었다. 그래서 나는 어머니에게 아파트는 작아도 방이 두 개는 되니 동생들 올라와도 동생들이 살 방은 있다고 말씀드렸다. 1983년 봄 홍제동에 1,700만 원짜리 20평 아파트를 사고 어머니 예산대로 딱 800만 원 갖고 결혼을 하였다.

5,000만 원에서 내가 작은 아파트 사고 결혼하는데 2,500만 원이 들었으니 2,500만 원이 남게 되었다. 남은 돈 중 2,300만 원으로 다음 해 금산에 36,000평의 전답과 임야를 사게 되었다. 아버지 어머니는 아들이 해외 나가서 도깨비방망이 같은 통장으로 매달 들어오는 돈을 밑천 삼아 3년 동안 신바람 나게 장사하시면서 흐뭇하게 사셨는데 또 1년 여 동안 부자 행세(?)를 하며 대전 주변의 땅을 보러 다니시고 기분 좋게 사셨다. 어머니는 내가 번 돈을 가지고 불린 돈으로 산 땅이었기에 당연히 내 이름으

로 등기를 하려고 하였다. 그런데 군청에서 36,000평을 한 사람으로 등기를 할 수 없다고 하였다고 한다. 그래서 반은 어머니 이름으로, 나머지 반은 내 이름으로 등기하였다.

III. 짧은 신혼 긴 이별 :

젊어서 사서 고생

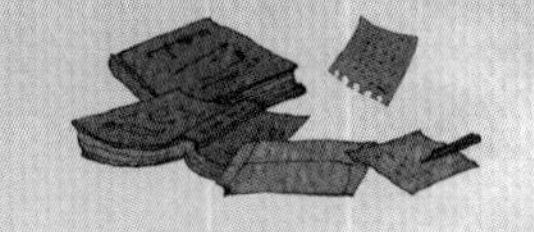

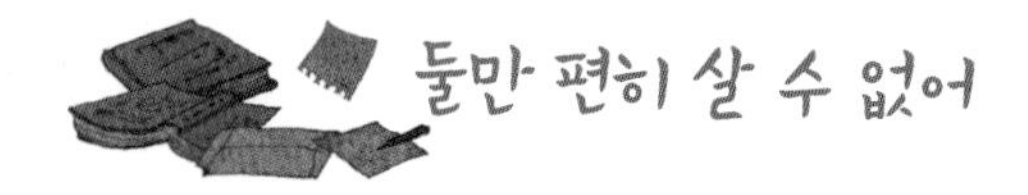

둘만 편히 살 수 없어

서울의 조용한 아파트에서 아기자기하고 행복한 생활을 하고 있자니 부모님과 네 명의 동생들에게 너무 미안한 생각이 들었다. 집도 내가 번 돈으로 장만하였고 결혼비용도 내가 번 돈으로 부담하였는데 미안한 마음을 가질 이유가 무어냐고 말하는 사람들도 있겠지만 장남으로서 내 마음은 추호도 그럴 수가 없었다. 먼저 학교를 졸업한 큰아들이니 당연히 부모님을 도와서 넷이나 되는 동생들 가르치는데 도와야지, 어떻게 나만 아내와 행복하게 따로 살 수 있는가? 이런 게 큰아들의 병인지? 부모님과 동생들은 6차선 도로 옆 상가주택에 살고 있었다. 도로 바로 옆에 제대로 방음도 하지 못하고 싸게 지은 집이다 보니 자동차 소음에 시끄러웠고 큰 트럭이나 버스가 지나갈 때마다 집이 울리는 지경이었다. 아버지 어머니가 장사하고 피곤한 몸을 끌고 들어오셔서 잘 쉬셔야 하는데 시끄러워서 제대로 쉬지도 못하실 텐데 어찌 지내실까? 또 동생들은 친구들이 찾아올 때 어떻게 하나? 친구들이 찾아왔을 때 그들을 '들어오라'고 할 만한 거실도 없는 집인데. 내가 학생 때 교회 여학생들이 찾아왔을 때 들어오라고도 못하고 밖에 서서 이야기할 때 얼마나 낯이 뜨거웠던가? 언제나 내 마음 한구석이 편치 못했다. 부모님과 동생들을 조용한 주택으로 이사를 시켜야겠다는 생각이 끊이지 않았다. 이리저리 방법을 궁리하던 끝에 나는 아내를 설득하기 시작했다.

"여보, 젊어서 고생은 사서도 한다는데 나 2년만 더 해외 나갔다 올게. 2년만 떨어져 살며 고생하자. 서울 이 아파트 전세 놓고 은행 융자 좀 받으면 집 한 채 살 수 있어. 2년 동안 벌어서 갚으면 돼. 당신은 시집에 들어가 살고 나는 해외 나가 돈 벌고 2년만 떨어져 살며 고생하면 집이 한 채 더 생기는 거잖아. 대전 가양동에 새로 형성되는 주택단지에 새 집을 하나 사자. 아버지 어머니와 동생들 이사해 살게 하자. 당장은 우리가 2년 고생하겠지만 그 집이 누구 것이겠어? 결국 우리 것이잖아?"

내가 궁리해낸 계획은 아내가 시댁으로 들어가서 2년 동안 남편 없는 시집살이를 해야 한다는 이야기였다. 그러나 그 집이 결국에는 우리 것이 된다고 하니 아내는 남편 없는 시집살이 고생을 심각하게 고려하지 못한 듯했다. 아니, 남편의 말에 반대를 못하고 그냥 따라 준 것이었으리라. 그때 나는 오로지 부모님과 동생들을 조용한 주택가에 살게 해주고 싶다는 생각에만 몰두하여 아내의 고생은 솔직히 뒷전이었다. 나의 외갓집의 경우를 보아도 큰 외숙모는 결혼하였지만 젊어서부터 거의 평생을 남편과 떨어져 지리산 골짜기 시골에서 외할아버지 외할머니를 모시고 살았다.

큰외삼촌이 장남이었기에 아내인 큰 외숙모를 직장이 있는 전주로 데려가지 않고 시골에서 부모님을 모시고 동생들 뒤치다꺼리하며 살게 했었다. 나의 아버지도 어머니와 결혼하고서 10년 동안 돈 번다고 부산에 나가 일하시고 어머니는 아버지 없는 시골에서 할아버지 할머니를 모시고 시동생들과 살지 않았던가? 그 시대의 장남의 삶은 그랬어야 했던가 보다. 이러한 집안 어른들의 삶을 보고 자란 나도 아내를 시집에 들어가 살게 하고 나는 해외 나가서 돈을 벌자는 계획을 자연스럽게 하게 되었다.

1984년 3월, 결혼 8개월 만에 나는 다시 해외근무를 하기 위하여 싱가포르로 출국하고 아내는 서울 우리 아파트를 전세 놓고 남편 없는 대전 시집으로 들어갔다. 전세 놓은 돈은 어머니께 드렸다. 어머니는 은행융자받은 돈을 합해서 가양동에 새로 조성한 조용한 주택가에 2층 집을 사서 이사를 했다. 내 월급은 아버지 통장으로 들어가 은행 융자금을 상환해 나갔으니 아내는 남편의 월급이 얼마인지 보지도 못했다. 고지식한 어머니가 혼자 있는 젊은 며느리에게 용돈을 많이 줄 리가 없었다. 월 3만 원, 남편 월급의 3%도 안 되는 돈이었다.

이 세상에 시부모와 시동생들이 살 집을 마련해 드리려고 꿈만 같은 신혼생활을 접고 남편 해외로 내보내고 남편도 없는 시집으로 들어가 사는 여자가 내 아내 말고 누가 있겠는가? 남편의 월급은 몽땅 시어머니가 관리하고 말 그대로 쥐꼬리만 한 용돈을 받아 사는 바보같이 순하디 순한 여자가 내 아내 말고 누가 있겠는가? 나로 하여금 효도하게 하고 동생들에게도 집다운 집에서 살게 하여 떳떳한 형, 오빠가 되게 해주었으니 얼마나 고마운 아내인가! 내가 팔불출처럼 "내 아내가 최고!"라는 말을 하지 않을 수 없는 까닭이다.

아내와 나는 결혼하기 전까지 25년 이상을 서로 다른 환경에서 자랐다. 나의 아버지는 다 쓰러져가던 가문을 다시 일으켜 세우기 위하여 자신의 모든 것을 희생하시며 일만 하셨고 어머니는 쓰러져가는 집안에 잘못(?) 시집와서 자신의 삶을 접고 오로지 자식들을 잘 가르쳐야 한다는 확실한 목표를 세우고 그 목표만을 위하여 사셨다. 가문과 자식들을 위하여 자신들의 모든 삶을 희생하시는 부모님과 25년 이상을 같이 살아온 큰아들인 나의 삶의 방식은 확실하였다. 첫째도 둘째도 셋째도 부모님 우선이었다. 부모님 말씀이라면 어김이 있을 수 없었다. 비록 부모님 말씀이 이치에 어긋나고 억지가 있더라도 따랐다. 아내에게도 부모님 말씀에 100% "예." 라고 하기만을 강요 반, 읍소 반 하였다. 대신 부모님 돌아가시고 나면 내가 아내 말을 100% 어김없이 따르겠노라고 회유하였다. 그 회유에 넘어가서가 아니라 워낙 심성이 착한 아내는 부모님 말씀에 100% 순종하였다. 남편이 커온 가정사를 알고 남편의 마음을 편하게 해주고자 하는 넓은 마음이 있었기에 가능한 일이었다. 나의 복일뿐 아니라 아버지와 어머니의 복이다. 동생들 역시 부모님 말씀에 100% 순종하였던 차에 나의 아내가 이렇게 하니 동생들도 어떻게든 제수씨들을 구워삶아 제수씨들 역시 부모님 말씀에 100% 순종을 했다. 동생들에게 고맙고 제수씨들에게도 고맙고 고맙다.

가문과 자식들을 위하여 자신들을 희생하고 그 희생으로 말미암아 결국은 당신들의 삶의 목표를 이루신 나의 부모님. 5남매 모두 제대로 가르치셔서 조상들에게 떳떳한 사람들로 키우셨고 사회에서 나름대로 자리

잡고 살게 하셨다. 이러한 헌신에 대한 보답으로 자식들과 며느리들이 모두 부모님께 순종하며 항상 기쁘게 해 드리려고 애썼다. 이러한 분위기 조성에 결정적인 역할을 해준 사람이 우리 가정의 큰며느리, 나의 아내다. 나는 내 아내에게 너무 큰 빚을 졌다.

싱가포르로 출국

1984년 3월 싱가포르로 출국하려고 김포공항으로 나갔다. 김포공항은 4년 전 사우디로 나가려고 나왔을 때와는 전혀 다른 분위기였다. 근로자인 듯한 남자들은 보이지 않고 시내 비싼 고급 백화점에서나 봄직한 세련된 모습의 젊은 남녀 승객들이 수화물을 보내고 탑승권을 받고 있었다. 비행기에 오르자 기내 모습도 사우디로 나가던 기내 상황과는 영 딴판이었다. 스튜어디스들도 여유 있게 움직이는 모습이었고 승객들도 편안하게 자리 잡고 앉아서 부드러운 목소리로 대화를 나누고 있었다. 아내를 뚝 떼어놓고 출국 비행기를 탄 나만 우울한 듯하였다. 말없이 상념에 빠져 있다가 싱가포르 창이(Changi) 공항에 도착했다. 창이 공항의 분위기도 4년 전 사우디에 도착했던 다란 공항의 분위기와는 전혀 달랐다. 사우디 다란 공항은 시커멓고 우중충한 분위기였는데 이곳 창이 공항은 밝고 투명한 분위기였다. 공항 안에 오가는 사람들도 정말 달랐다. 다란 공항에서는 대다수가 시커먼 남자들이었고 불과 몇 명의 여자들이 검은 천으로 온몸을 가리고 한쪽 구석에 앉아 있었지만 창이 공항에서는 핫팬츠나 짧은 스커트를 입은 생기 있고 젊은 아가씨들이 여기저기를 활보하고 있었다. 수화물을 찾아 나오니 채 과장과 전 대리가 마중 나와 있었다. 채 과장과 전 대리는 나를 태우고 현장으로 가지 않고 밖에서 저녁을 먹자며 시내 중심가인 오차드로드(Orchard Road)로 향했다. 공항에서 시내로 들어가는 도로 양 옆에는 가로수가 심겨 있는 게 아니고 완전 숲이었다. 싱가포르와 사우디는 정말로 천당과 지옥 차이였다. 오차드로드 한 주차장에 주차를 하고서 양편에 줄지어 늘어선 백화점과 호텔들을 구경하며 걷는데 조명이 어마어마하게 휘황찬란했다. 퇴근시간이어서인지 양편 보도와 쇼핑센터 안에는 젊은 청춘남녀들로 가득했다. 우리는 한 식당에 가서 볶음밥과 쌀국수 그리고 닭고기와 야채볶음을 주문하여 저녁을 먹었다. 저녁을 먹고서 바로 숙소로 들어가는 게 아니었다. 뉴턴 서커스(Newton Circus)로 갔다. 여기는 관광객들이 저녁을 먹기도 하고 맥주 한 잔 하러 오기도 하는 곳이었다. 싱가포르 사람들도 많이 보였다. 우리는 열대과일을 안주삼아 맥주를 마셨다. 돌아오는 일요일은 휴무 날이니(70~80년대 건설현장에서는 2주 연속 휴일 없이 일하고 2주마다 일요일 하루 휴무하였다.) 센토사(Sentosa) 섬에 놀러 가자고 한다. 센토사는 거의 모든 싱가포르 방문 관광객들이 가보고 즐기는 섬 아닌가?! 세상에! 이런 관광지에서 일을 하다니 정말 사우디와는 비교가 되지 않았다. 본사 소식과 현장 이야기, 여러 직원들의 근황을 이야기하다가 밤늦게 숙소에 돌아와서 짐 정리도 못하고 잤다. 다음 날 아침 6시에 기상하여 현장 식당에 갔더니 '세상에! 고춧가루가 잔뜩 버무려진 빨간 김치가 있는 게 아닌가?' 사우디에서 3년 동안 근무하면서 한 번도 볼 수 없었던 빨간 김치가 있다니! 싱가포르는 정말로 좋은 곳이었다. 그러나 환경이 아무리 좋은들 내 마음속에는 시부모와 동생들 넷이나 있는 시집에서 고군분투하는 아내가 늘 자리 잡고 있었다. 시집 식구가 아무리 잘해준다고 해도 남편 없이 사는 시집살이는 제발 빨리 지나가기만 바라는 시간일 수밖에 없듯이 나에게도 환경과 조건이 아무리 좋은 싱가포르일지라도 2년 근무가 빨리 지나가기만을 바랄 뿐이었다. 사우디에서나 싱가포르에서나 해외근무란 오로지 '먹고 일하고 자고'의 연속이었다. 아침 6시에 바쁜 하루의 일과가 시작된다. 저녁 9시에 일과 마치고 숙소에 도착하여 씻고 나면 저녁 10시가 된다. 그러니 무슨 다른 생활이 있겠는가? 휴일도 한 달에 두 번뿐이다. 우리 부모님들 세대와 우리 세대는 그렇게 일을 했다. 환경적으로 사막의 나라, 종교적으로 오락거리라곤 하나도 허용되지 않는 삭막한 분위기의 이슬람나라인 사우디에서보다, 우리나라보다 모든 것이 더 잘 갖추어진 싱가포르에서의 삶이 나에게는 더 힘들었다. 내 마음이 그랬다. 그럴 수밖에 없었다. 아무것도 모르는 순진한 아내를 시집에 들여놓고 부모님 모시고 네 명의 동생들 뒷바라지를 하게 하고 나왔으니 내 마음이 편할 리 있겠는가? 싱가포르에서의 오락거리에 내 어찌 다가갈 수 있었겠는가?

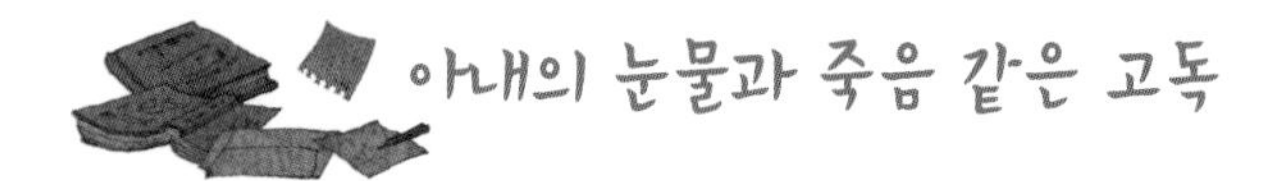

아내의 눈물과 죽음 같은 고독

늘 그렇듯이 이상과 현실은 엄청나게 다르다. 아내는 남편의 말에 따랐지만 남편이 해외로 떠나고 아내가 맞닥뜨린 현실은 녹록지 않았다. 온통 시댁 식구들만 있는 집에서 부모님과 동생들까지 여섯 식구 뒤치다꺼리는 보통일이 아니었다.

다음은 내가 싱가포르로 떠난 후 아내가 쓴 첫 번째 편지다. 3월 9일 내가 쓴 첫 번째 편지를 받은 날 3월 18일에 썼다. 첫 편지에서부터 내가 미처 다 헤아리지 못했던 아내의 심중이 절절하게 묻어났다.

사랑하는 나의 당신에게

공항에서 당신이 떠나는 모습을 눈물이 나와 차마 제대로 보지도 못하고 당신의 시선을 피하며 눈물을 삼키느라 잠시 허공을 쳐다보는 동안 당신은 출국장 문으로 사라지고. 당신이 사라진 문을 멍하니 바라보던 내 가슴은 천 갈래 만 갈래 찢어지는 아픔이었답니다.

세상에 의지할 데 없는 고아가 된 것처럼 그냥 하늘이 캄캄하게 무너지는 것 같은 기분은 나로 하여금 하염없는 눈물을 흘리게 했답니다. 왜 그렇게 눈물이 나는지…….

저녁만 되면 빙긋이 웃으면서 "잘 있었어?" 하고 들어설 것 같아 시계만 보며 기다리다 지쳐 혼자 잠자리에 들면 하염없는 눈물이 베개를 적신답니다. 자다가 깨면 당신이 옆에 누워있는 착각을 하기도 합니다. 문득 당신이 없는 것을 알고서는 허전한 마음으로 돌아눕고 맙니다.

아침이 밝아오면 당신의 출근하는 모습이 생각나 창문을 열고, 남의 집 신랑들 출근하는 모습을 멍하니 바라보면서 눈물을 흘리곤 한답니다. <나도 며칠 전만 해도 입 맞춰주며 "잘 있어. 당신 몸 붓지 않고 아기 잘 자라도록 운동해야 돼!" 하며 출근하던 남편이 있었는데…….> 하면서요.

그렇잖아도 편지 쓰며 울까 봐 자기 편지 보고 실컷 울고 쓰는 편지인데도 눈물이 자꾸 앞을 가려 글씨가 잘 안 보이네요. 당신을 보낸 다음 날 뻥 뚫린 허전한 마음을 달래려고 자기 옷을 몽땅 갖다 빨래를 했지요. 울면서요. 옷 한 가지 한 가지를 빨 때마다 자기의 모습이 생각나 애꿎은 빨래만 '박박' 힘주어 문질렀답니다.

당신이 떠나고 곁에 없으니 하루하루가 천년보다 더 길게 느껴진답니다. 당신의 자상했던 지난날의 모습이 자꾸 생각나 미칠 것 같아요. 어제는 바람이라도 쐬어야지 그렇지 않으면 내 가슴이 터질 것 같았어요. 갈 데는 없고 시장이나 다녀왔답니다. 외로움과 고독이 이렇게 무서운지 몰랐어요.

당신 전화받고 목소리를 듣는 순간 너무 반가웠습니다. 사무치게 그리워 눈물이 목을 메워 말도 제대로 못 했답니다. 전화를 끊기가 얼마나 아쉬웠는지……. 밤새 당신 생각만 하면서 울다가 잠이 들었답니다. 꿈속에서 만나길 간절히 기도하면서…….

또, 당신 편지 받고 얼마나 반가웠는지 아세요? 19세 소녀처럼 두근거리는 가슴을 누르며 순식간에 읽고 또 읽고 하면서요.

여보,

언제 6개월이 지나죠? 언제 2년이 가고요?

이렇게 하소연만 하는 못난 아내를 용서하세요. 지난 8개월 동안 당신과의 신혼생활이 너무나 행복했고 이제는 당신을 너무나 사랑하기 때문에 '헤어짐'이 저에겐 너무나 큰 충격이에요.

내 머리 속은 오로지 당신 생각뿐이에요.

다음 편지에 또 적을게요.

항상 하나님의 축복과 돌보심이 함께 하길 기도하겠어요.

그럼 안녕!

1984년 3월 18일

사랑하는 당신의 아내 경옥 씀

내가 아내의 마음을 더 헤아렸어야 했다. 남편 말에 반대하지 못하고 순종하는 아내에게 해외 2년 근무 제안을 했다는 것이 얼마나 내 위주의, 우리 집안 위주의 생각이었나를 아는 데에 긴 시간이 필요하지 않았다. 아내는 내가 간절히 원하므로 내 뜻을 따라준 것이었다. 신혼 초 어머니의 며느리 교육 한 달 동안에 아내는 남편 없는 시집살이가 얼마나 어려운지를 제대로 파악하지 못하였던 것이다. 아내는 자신에게 닥쳐올 하루

하루가 얼마나 혹독하리라는 것을 전혀 예상하지 못하였다. 결국 아내에게는 세상에서 가장 길고 힘든 외로운 시집살이 2년이 기다리고 있었다.

연이어 3월 19일 쓴 아내의 두 번째 편지다.

생명보다 소중한 나의 당신에게

이젠 추운 겨울도 지나고 마지막 꽃샘추위도 물러가고 이곳은 완연한 봄이랍니다, 그 더운 나라에서 고생하는 당신을 생각하면 가슴이 아파요.

어제는 이종사촌 동생 OO의 결혼식이 있었죠. 식장에서 저를 쳐다보는 친척들의 눈들이 불쌍하다는 표정이었어요. 딴에는 저에게 위로를 하려고 한마디씩 했지만 전 너무 괴로웠어요. 그럴수록 눈물이 더 났고요. 차라리 모른 척 그냥 혼자 놔뒀으면 좋겠는데……. 왜 그렇게 내 자신이 처량해지는지……. "어떻게 지내?" "외로워서 어떡해?" 모든 소리가 내 귓전에 와서 사라지질 않는군요.

갑자기 당신이 원망스러워요. 왜 날 데려와서 혼자만 놔두고 훌쩍 외국으로 가버렸는지? '부부'가 뭔지? 왜 그토록 당신이 보고 싶은지?

당신이 두고 간 모든 자취가 날 괴롭게 만든답니다. 너무 외롭고 허전해서 며칠 전엔 언니네 집에서 은혜(언니 딸)를 데려왔답니다. 언니도 집안일에 정신이 없어서 선뜻 은혜를 내어주더군요. 내가 외로워하니까. 은혜한테 정신을 팔다 보면 조금이라도 이 허전함을 달랠 수 있을까 해서요.

하지만 당신이 없는, 나의 마음속에 있는 당신의 자리는 그 누구도 메우질 못했어요. 은혜도 그 순간뿐이었어요. 책도, 피아노도, TV도, 라디오도 그 무엇도요. 3일을 데리고 있었는데 형부가 보고 싶어 한다고 해서 도로 데려다줬지요.

하루 종일 혼자 있고 저녁에도 당신이 없으니 외로워서 미칠 것 같아요. 그런 때마다 기도한답니다. 그럼 좀 위로와 안정이 되지요.

여보,

오늘 병원에 다녀왔어요.

당신 때문에 신경을 써서 그런지 의사의 말이 상태가 더 나빠졌대요. 혈압이 150/100까지 나가고 단백도 많이 나오고 몸도 많이 붓고요. 의사가 나보고 맨밥만 먹고 일체 간한 것은 먹지 말래요. 큰일 나겠다고 하더군요. 점점 심해지면 산모와 아기가 위험하대요.

그래서 혼자 맨밥을 물에 말아 삼키자니 눈물이 하염없이 흐르더군요. 왜 이럴 때 남편이라는 사람은 곁에 없나? 당신이 그래도 곁에 있다면 힘이 될 텐데…….

저 무서워요. 자신이 없어요. 죽으면 어떡하죠? 그래도 날 사랑하는 당신이 있다고 자위를 하면서 두려움을 떨쳐버리고 살려고 노력하지만 하루하루가 몹시도 괴롭답니다. 당신이 더 원망스럽고요. 아기나 무사히 낳고 나갔어도 좋았을 텐데…….

정말 이렇게 외롭고 힘들고 괴롭게 혼자 사느니 차라리 죽어버리고 싶은 때도 있었죠. 하지만 지금은 아니에요. 믿음이 없었다면 전 아마도 이미 이 세상 사람이 아니었을지도 몰라요. 하지만 제가 믿고 이렇게 모든 것을 주님께 맡기고 기도 가운데 위로를 받으니 얼마나 감사한지 몰라요. 하지만 외로움이 사무치면 자꾸 믿음이 약해져요.

여보,

저 위해 기도 많이 해 주세요. 이 어려운 고비를 잘 이겨 나갈 수 있게 말이에요. 저요, 용기 잃지 않고 당신 생각하며 이를 악물고 살 거예요. 당신을 의지하고 있는 제가 있다는 것을 꼭 기억하세요. 당신한테 위로의 말은 못 하고 내 생각만 해서 미안해요. 용서해요.

어제 편지 받았는데 오늘 또 편지함을 몇 번이나 열어 보았답니다. 내 마음 알겠어요? 당신도 그래요? 매일 편지 쓰세요. 애타게 기다리는 당신 아내를 위해서요. 저도 매일 쓸게요.

두서없는 글 용서해요.
사랑해요. 너무나.
그럼 안녕히…….
1984. 3. 19.
당신의 아내 경옥 씀

나는 아내에게 전화도 하고 편지도 보내면서 "세월은 빨라. 작정한 2년은 금방 갈 거야."라고 하면서 아내를 위로하고 힘을 내게 하였다. 그리고 아내가 나만을 생각하는 데서 오는 마음의 외로움과 고독을 떨쳐 버리도록 그리고 허전함을 달랠 수 있는, 아내의 마음을 쏟을 수 있는 어떤 소재를 찾도록 권유를 했다. 또, 사랑이란 모든 것을 참고 견디는 것이라고 사랑의 힘을 내도록 격려하곤 했다. 그렇지만 아내는 여전히 남편이 떠나버린 후의 고독과 고통에서 헤어나지 못했다. 남편 떠나보내고 슬픔을 이기지 못한 아내는 사무치는 고독으로 죽고 싶은 심정이었다. 음식을 제대로 섭취하지 못하였으니 아기도 산모도 건강상태가 최악이었다. 결국 아내의 일생에 아니, 우리 두 사람의 일생에 최악의 사건이 벌어지고 말았다.

세상에 의지할 데 없는 고아가 된 것처럼 그냥 하늘이 캄캄하게 무너지는 것 같은 기분은 나로 하여금 하염없는 눈물을 흘리게 했답니다. 왜 그렇게 눈물이 나는지…….

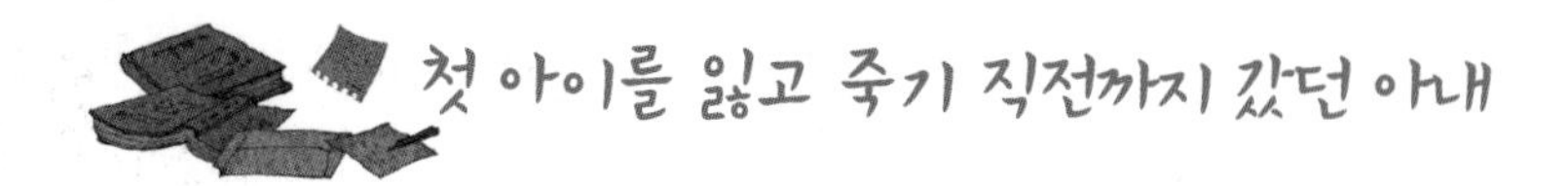

첫 아이를 잃고 죽기 직전까지 갔던 아내

사랑하는 당신에게,

망설이다 그래도 당신이 알아야겠기에 펜을 든답니다.

당신이 내 곁을 떠난 후 그래도 희망을 갖고 유일한 낙으로 삼던 우리 아기.

당신 없는 2년을 함께 기다리며 내 모든 사랑을 쏟으면 세월이 빨리 가겠지 했는데…….

이게 웬 청천 하늘에 날벼락인가요?

우리 아기를, 우리 아기를 데려가시다니. 너무해요. 전 어떡하라고?

어떡해요?

4월 19일 오후 7시 15분에 우리 아기는 하늘나라로 갔어요.

나에게 소중한 것들은 다 떠나고 이제 전 어떻게 살아가죠?.

왜 우리의 아기를 데려갔을까요? 차라리 이렇게 짧게 살게 하고 데려가려면 뱃

속에 있을 때 데려갈 것이지……. 세상에 태어나 25일 만에 데려갈 것을 왜 저희에게 이 아기를 주셨을까요?

왜 나에게 이토록 어려운 고통을 주시나요? 세상이 싫어졌어요. 내 주위의 모든 게 싫어요. 분명히 해산의 고통을 겪으며 아기를 낳았는데, 아기 낳은 상처가 아직 제대로 아물지도 않아 몸 놀리기도 힘든데, 세상에 나온 우리 아기는 어디로 갔나요?

아기 얻은 기쁨이 채 가시기도 전에 데려가신 이유가 무엇일까요? 그 어려움 속에서도 모질게 악착같이 뿌리를 내린 생명이었는데……. 이 세상에 나온 지 25일 만에 가다니. 이런 고통을 겪으면서 붙어있는 내 목숨이 한없이 원망스럽군요.

불쌍한 우리 아기, 내 아기.

모든 게 다 원망스러워요. 당신도, 한없이…….

마음을 고쳐먹고 한편 달리 생각하면 아기가 죄 많은 세상에서 때 묻지 않고 고통과 근심이 없는 하늘나라로 간 것을 생각하면 감사해요. 다만 엄마로서 엄마 노릇을 못한 게 너무 마음이 아파요. 이렇게 일찍 갈 줄 알았으면 외롭고 삭막한 병원에 두지 않고 짧은 생이지만 데려다 젖을 먹이며 꼭 안아나 줄걸…….

눈물이 자꾸 앞을 가려 더 이상 못쓰겠어요.

너무 절망하지 마세요.

힘든 일이지만 저도 노력할 게요.

그럼 안녕!

1984. 4. 21

당신의 아내 씀

결국 아내는 아기를 조산하였다. 예정일보다 3주 정도 일찍 낳았다. 아기는 병원 인큐베이터로 들어가고 아내는 혈압이 180으로 올라가 떨어지지 않고 사경을 헤매었단다. 서대문 산부인과 병원에서 서울대 병원으로 긴급 이송되는 구급차 안에서 아내는 '죽는가 보다' 생각했다고 한다. 아기는 태어난 지 25일 만에 하늘나라로 갔다.

아기가 태어나면 아내가 아기 키우는 재미와 행복에 2년이라는 세월이 어렵지 않게 갈 것으로 생각하였었다. 그런데 아기를 잃고 나니 그 희망이 사라져 버렸다. 남편도 떠나고 아기도 갔으니 아내는 살 소망을 잃고 고통 속에서 목숨이 붙어 있는 것이 원망스럽다고까지 했다.

나는 전화로 그리고 편지로 아내를 위로하려고 애썼지만 아기를 잃은 아내의 괴로움은 점점 더 심해져 갔다.

다음은 4월 25일 아내가 쓴 편지다.

사랑하는 당신에게,

모두들 나가고 아무도 없는 텅 빈집에서 아기 생각하며 눈물로 지내고 있는 중 당신 편지를 받았답니다. 아무리 애써도 잊을 수가 없습니다. 어떻게든 이 혹독한 현실을 벗어나 무엇에든 열중해 보려고 해도 되지 않고 눈물만이 북받쳐 견딜 수 없답니다. 아무리 헤아려 봐도 자꾸 원망만 나오니. 어떠한 일이 있더라도 누구를 원망하는 것은 '죄'라고 했는데…….

요즈음은 무엇을 해도 손에 잡히는 게 하나도 없고 건성으로만 한답니다. 내 머릿속은 오로지 당신과 아기 생각뿐이에요. 그러다 너무 외롭고 허무하여 죽고 싶은 생각까지 든답니다. 아무것도 모르고 근심도 걱정도 고통도 없이 편안하게 잠든 죽은 사람의 모습이 부러워 보이기도 한답니다. 이럴 때 나를 잡아줄 당신이라도 있었으면 좋으련만……. 당신이 한없이 원망스럽군요.

여보,

"그냥 포기하고 나오면 안 되나요? 꼭 돈을 벌어야 하나요? 나 하나 살려주는 셈 치고 나오면 안 돼요?"

미안해요.

당신한테 하소연해봤자 아무 소용이 없는 줄을 알면서도 누구한테 하소연할 데가 없어 글로써나마 하소연을 하니 이해해주세요.

하루하루의 생활이 지옥 같답니다. 시부모님 실망시켜 드리고 시누이와 시동생들의 조카에 대한 기대가 어그러졌으니 내 입장이 어떻겠어요? 눈치를 보며 살려니 이렇게 힘들 수가 없군요. 눈치 보며 먹는 밥은 목구멍에 넘어가지도 않고요.

꿀 먹은 벙어리처럼 냉가슴 앓으며 살아가는 저를 생각한다면 이런 편지도 이해해 줄 줄 믿어요.

외국에 있는 당신에게 위로의 글을 쓰지 못해 미안해요. 그래도 이렇게 남몰래 실컷 울면서 당신께 편지라도 쓰고 나면 숨통이 좀 뚫리는 것 같아요.

당신의 충격도 큰데 이렇게 철없는 아내를 용서해주세요. 어떡하든지 이 고비를 잘 넘기도록 노력할게요. 나 위해서 간절히 기도해주세요.

우리 아기는 지금쯤 천국에 가 있을 거예요. 전 믿어요! 처음 태어났을 때 잠깐 본 아기지만 하늘나라 가기 전날 밤 제 꿈에 나타나 방긋 웃는 얼굴로 저에게 안녕을 했답니다. 전 그게 무슨 뜻인지 몰랐지요. 제가 아기를 몹시 보고 싶어 하니까 그냥 꿈에 나타난 줄 알았어요. 하지만 다음 날 저녁에 전 알았답니다. 그것이 천국에 가려는 아기의 이별인사였던 것을…….

순간순간마다 꿈속의 아기 모습이 생각나 몹시 괴롭답니다. 그 예쁜 모습이……. 그래도 당신 편지에 "사랑한다."는 소리를 들으니 날 사랑하는 사람을 위해서라도 악착같이 살아야겠다는 생각이 드는군요.

저요, 용서를 구해야겠어요. 원망하고 잠시나마라도 내 목숨 내 것이 아닌데 죽고 싶은 생각을 했으니 말이에요. 당신, 너무 걱정 마세요. 너무 걱정하다 회사 일 처리라도 잘못하면 안 되니까요.

날짜가 빨리 가길 우리 함께 기도해요.

다음 편지엔 이런 하소연 안 하도록 해볼게요.

이런 고통을 겪으면서 어른이 되어가는 것 같아요.

그럼 또 소식 전할게요.

항상 하나님께서 당신을 지켜주심을 두 손 모아 기도할게요.

안녕!

1984. 4. 25.

사랑하는 당신의 아내 씀

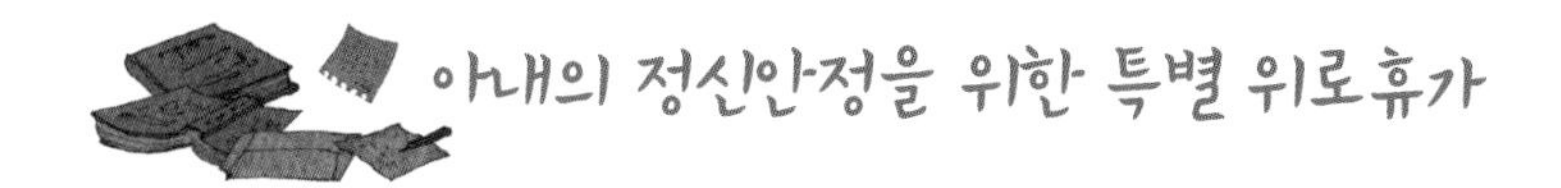

아내는 남편도 없는 상태에서 아기마저 잃었으니 죽고 싶을 따름이었다. 4월 21일 쓴 편지에서 아기 잃고서도 붙어있는 목숨이 한없이 원망스럽다더니 그러한 괴로움이 더 심해져서 4월 25일 자 편지에서는 죽고 싶다는 말이 나오고 있었다. 아내는 무슨 일을 해도 손에 잡히는 게 하나도 없고 남편과 아기 생각만 하며 건성으로 살고 있다니 나는 아내가 아기를 잃은 절망감에 허무한 감정을 주체하지 못해 정신이상이 생기지 않을까 염려되었다. 죽은 사람이, 아무것도 모르고 근심도 걱정도 고통도 없이 편안하게 잠든 모습이 한없이 부럽다고 말하는 지경에 이르렀다. 제발 해외근무 포기하고 들어와 살려달라고 애원을 하고 있었다. 이렇게 극한의 감정 상태로 치닫다가는 정말 무슨 일을 저지를 수도 있다는 생각이 들었다. 아내의 마음이 공황상태에 이르고 있다고 판단했다.

나는 4월 29일 위의 아내 편지를 받자마자 아래와 같이 편지를 써서 보내고 특별휴가를 신청하기로 마음을 먹었다.

사랑하는 나의 아내에게

모든 것 다 때려치우고 집에 들어가는 꿈을 꾸었다.

그러나 한 가지를 잃었다고 또 한 가지를 잃는 어리석은 사람은 되지 말아야지?!

안녕?!

'항상' 평안한 마음으로 '기뻐하라!'고 인사를 하고 싶어.

나는 잘 있어.

오늘 교회에서 성찬식이 있었는데 우리 아들을 통해 많은 것을 깨달았어.

오늘같이 주님의 살과 피를 내 살같이 내 피같이 느껴본 적이 있었을까?

아빠에게 귀중한 진리를 깨닫게 해주니 얼마나 자랑스러운 아들이었는가?

아흔아홉 마리의 양을 두고서 – 생명의 소중함 때문에 – 잃어버린 한 마리의 양을 찾으러 나서는 주님의 마음을 오늘에야 알겠더라고.

십자가에 아들을 못 박는 아버지 하나님의 고통을 오늘에야 알겠고.

고통스러운 죽음을 감지하고서도 "내 뜻대로 마옵시고 아버지 뜻대로 하옵소서."라고 기도하던 주님의 고통을 알겠고.

아들을 잃은 우리지만 나도 "나의 품은 뜻 주의 뜻같이 되게 하여주소서."이런 기도가 절로 나오더라고…….

아기를 얻은 기쁨이 채 가시기도 전에 데려가신 하나님의 뜻이 무엇일까 했었지?

나는 확신해!

우리의 슬픔이 채 가시기도 전에 하나님 아버지의 크신 뜻을 알게 되고 감사하게 될 것을…….

오늘 성찬식에서 당신의 남편이 얼마나 많은 것을 우리 아기를 통하여 깨달았는지 실컷 얘기해주고 싶어.

먼저, 생명의 소중함, 한 사람 한 사람 모두 소중하다는 것을 깨달았어. 특히 내가 가장 소중히 사랑해야 할 사람은 나의 아내인데 당신에게 내가 어떻게 해왔는지 반성하게 됐어.

미래를 같이 설계하지 못하고 내 생각대로만 해서 정말 미안해. 지금 어쩔 수 없잖아? 2개월 지났으니 이제 22개월 후에는 – 자기 언니는 남편이 군대에 가 있던 33개월 동안도 잘 참았잖아. 2년 아니 앞으로 22개월만 참아줘 – 모든 일을 당신과 상의하며 미래를 설계하고 나아가도록 할게.

살을 찢고 피를 쏟으며 십자가 위에서 돌아가신 주님의 고통을 보시는 하나님의 고통스러운 마음을 우리가 먼저 깊이 알고 많은 사람들이 이해하게 해서 우리 이웃들의 신앙이 깊어지도록 하자고. 우리 아기의 죽음을 통해 당신과 내가 체험한 하나님 사랑을 전하며 살자고.

"나의 아내 경옥이와 내가 품는 뜻 주님의 뜻같이 되게 하여주소서."

우리 이렇게 기도하자.

오늘 낮부터 썼는데 쓰고 또 고쳐 쓰고 또 고쳐 쓰고 하다가 벌써 밤 12시가 넘었네.

이만 쓸게.

건강해!

평안한 마음가짐으로 살아야 돼!

1984. 4. 29 밤.

당신의 남편이

나는 4월 21일과 4월 25일에 쓴 아내의 편지 두 장을 들고 총무 박 과장을 찾아갔다.

박 과장은 사우디 리야드 지사에서 함께 근무했었기에 어느 정도 서로의 집안 형편을 잘 아는 사이였다. 아내의 편지를 보여주고 본사에 특별휴가를 요청해 달라고 했다. 나는 또 나의 직속상관 자재팀 염 차장과 자재팀을 포함하여 관리부를 총괄하시는 부소장인 이 이사님에게도 아내가 쓴 편지 내용과 정신적 공황상태를 말씀드렸다. 총무 박 과장이 현장소장에게 아내 상태를 보고하니 현장소장은 나를 불러 상황을 파악하고 본사에 아내를 위로하기 위한 특별 휴가를 신청했다.

내가 이렇게 특별위로휴가를 신청하고 있는 중 5월 1일 아내는 아래와 같이 성경말씀으로 위로를 받으며 마음의 안정을 위해 노력하고 있다는 편지를 보내왔다.

보고 싶은 나의 석원 씨에게

당신의 목소리만 들으면 왜 그렇게 눈물이 나는지 참았던 눈물까지 다 나오나 봐요.

외로운 타국에서 고생하는 당신에게 용기는 못 줄망정 철없이 울기만 하니 나 참 바보죠?

힘겹고 어려운 날들도 하루하루 지나가고 있군요.

석원 씨!

저는 괜찮아요. 한동안 너무나 큰 충격 때문에 뭐가 뭔지 분간을 할 수 없이 낙심과 절망 속에 산 날들이었지만 성경 말씀을 읽는 중 많은 위로를 받고 새 소망을 얻었답니다.

이번 기회에 정말 많은 것을 깨달았어요.

하나님께선 당신과 저를 너무 사랑하셔서 큰 재목으로 쓰기 위해 이런 시험을 주시는 것 같아요. 우리를 연단시켜서 더 큰 환난을 대비해 이겨나갈 수 있도록 하기 위해 – 믿음을 더욱 다지기 위해 – 이런 어려움을 주시는 줄 알아요. 그러니 감사해야죠?

그러니 당신! 너무 걱정하지 마세요!

낙심과 절망 속에 빠져있으면 위로해 줄 사람도 없는데 큰일이잖아요?

괜히 남들 보기에 기운 없게 보이지 말고 전처럼 – 아무 일도 없던 것같이 – 힘내서 즐겁게 일하세요.

어렵더라도 억지로라도 기운 내고, 또 신경 쓰느라고 밥맛을 잃으면 안 돼요!

전보다 더 잘 먹고 더 잘 지내세요!

당신이 건강해야 당신만 믿고 살아가는 당신의 아내 경옥이가 힘이 나잖아요?

이곳의 식구들도 모두 건강하고 평안해요.

모두 저에게 신경 써서 잘해주고요.

혹시라도 제 마음이 상할까 봐 말 한마디에도 퍽 조심을 하는 것 같아요.

석원 씨!

사랑해요! 아기가 없으니까 당신이 더욱 그립군요.

솔직한 제 마음은 당신이 귀국할 수만 있다면 지금이라도 당장 귀국했으면 해요.

당신과 결혼한 죄 때문에 이렇게 묶여 살아야 하는 제 입장이 원망스럽군요.

남편 있는 시집은 살아도 남편 없는 시집살이는 힘들다는 말만 들었는데 정말 아무리 식구들이 잘해줘도 당신만은 못한 것 같아요.

혼내고 나무라도 좋으니 당신이 곁에 있어야겠어요. 시간마다 밀려오는 외로움과 고독은 – 물론 당신도 절실히 느끼겠지만 – 정말 견디기 괴롭군요.

석원 씨!
아무튼 돌아오는 날까지 건강하세요!
이 못난 경옥이에겐 오로지 당신뿐이라는 걸 기억하세요.
힘내세요!
웃으면서 즐겁게 생활하세요!

당신의 건강과 발전을 빌며……

1984. 5. 1.
항상 당신을 위해 기도하는 당신의 아내로부터

내가 특별휴가로 집에 가보니. 아내는 몸도 추스르지 못한 상태에서 입도 뻥긋하지 못하고 숨도 제대로 쉬지 못하고 죽은 듯이 일만 하며 살고 있었다. 시부모님에게 손자를 버젓이 낳아주었어야 했는데 그러지를 못했으니 완전 죄인이었다. 아기가 건강을 회복하고 잘 자라주었으면 좋았을 텐데 잘못되고 말았으니 무슨 낯을 들고 살 수가 있었겠는가? 부모님과 동생들이 아내에게 신경을 써 주었지만 그럴수록 남편 없는 시집살이의 서러운 마음이 더 처량한 신세를 느끼게만 하였다. 아내는 성경말씀을 붙잡고 위로를 받고 힘겹고 어려운 상황을 헤쳐 나가보려고 안간힘을 쓰고 있었지만 시집살이는 정말 견디기 어려웠다. 이러한 아내를 위로하기 위하여 내가 특별휴가를 간 것은 정말 잘한 일이었다.

나는 열흘간의 휴가 동안 아내를 많이 안정시키고 위로하였다. 나는 남편으로서 세상 어떤 남편보다도 더 자기 아내를 사랑한다는 것을 거듭 확인시켜 주었다. 또 아내에게도 내가 얼마나 필요하고 소중한 사람인가를 확인하였다. 나의 특별휴가 동안 아내와 나는 서로의 사랑을 확인하고 아내에게는 내가, 나에게는 아내가 정말로 절실하게 필요한 사람임을 확인하였다. 특별휴가로 남편의 사랑과 자신의 존재의 소중함을 확인한 아내는 아기를 잃은 충격에서 어느 정도 벗어나 안정을 되찾을 수가 있었다.

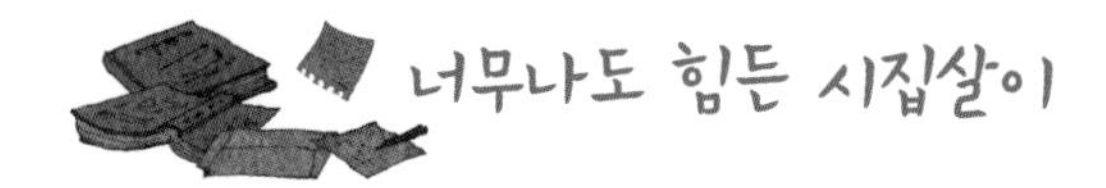

너무나도 힘든 시집살이

아내는 남편의 특별 위로휴가로 아기 잃은 마음을 추슬렀지만 평안한 마음으로 살 수 있는 환경에 있지는 못했다. 이제 남편 없는 힘든 시집살이라는 본격적인 어려움이 시작되고 있었다.

다음은 10일간의 휴가를 보내고 5/15일 내가 출국한 후 열흘이 지난 5월 25일 아내가 쓴 편지다.

여보!

너무나 심란하고 속상해서 이렇게 불만의 편지를 쓰게 되어서 미안해.

어떡하든지 이제부턴 자기에게 속상한 얘긴 안 하려고 했는데 난 역시 약한가 봐.

아무리 참으려고 해도 잘 안 돼. 참으려고 하면 속이 막 뒤집힐 것 같아.

요즈음은 내가 몸이 좀 좋아졌다고 생각하시는지 어머니가 벅차게 일을 시켜서 힘들어!

그래도 순종하는 마음으로 "네." 하며 해 왔지만 성경 읽는 것은 고사하고 자기 말대로 책을 읽어 지식과 교양을 쌓으려고 했는데 도대체 책 읽을 시간이 없어!

밥하랴, 반찬 만들랴, 빨래하랴, 청소하랴, 이것저것 궂은일 하랴, 신경 쓰랴, 눈치 보랴 하다 보면 하루 종일 부엌에서 지내기가 일쑤고 저녁때면 다리가 떨어져 나가는 것 같아.

힘들다 생각 들면 내 살림은 하나도 없이 맨 남의 살림만 – 엄밀히 말하면 – 해주고 있으니 어떤 때는 내가 이 노릇하러 시집왔나 싶고 막 후회스러워.

아무리 힘들어도 그래도 자기가 곁에 있다면 이 모든 일이 내 남편을 위해서 한다는 긍지라도 갖겠는데 하루 종일 이를 악물고 식구들 뒷바라지를 하고 있자면 자기가 자꾸 미워지고 원망스러워져!

요즈음은 늘 자기 꿈만 꾸고 그것도 둘이 막 탈출하는 꿈이나 자기가 특별 귀국하는 케이스가 있어 아주 귀국했다며 나 놀래 주려고 편지도 안 하고 왔다며 현관에 들어서는 꿈을 꿔. 꿈속에서 너무 좋아하다 깨고 나면 너무 허전하고 서러워 혼자 몰래 흐느끼곤 하지.

자기가 돌아오면 이런 어려움은 다 해결이 되는데…….

그러니 기도해! 나랑 같이 기도하는 거야!

누가 알아? 2~3개월 내에 내가 꾼 꿈처럼 자기에게 특별 귀국의 문이 열릴지?

난 요즈음 하나님한테 하루속히 자기가 귀국할 수 있는 길을 열어주셔서 자기를 보내달라고 기도하고 있어.

그러니 자기도 기도하며 주의 영광 가리지 않는 방법으로 귀국할 수 있도록 기회를 만들어봐!

하나님께서 함께 하신다면 길을 열어 주실 줄 믿어!

여보,

정말 매달려 기도해!

나도 항상 간절하게 기도할 거야. 바른 주님의 길로 인도해달라고…….

그럼 또 소식 전할게.

다음엔 기쁜 소식이 가길 기도할게.

안녕!

1985. 5. 25.

당신의 아내 경옥 씀

그 당시 아내는 몸도 마음도 힘든 하루하루를 보냈다. 아내는 시집에 갇혀서 일만 하며 지내려니 산다는 게 너무 힘들었다. 처녀 때의 자유로운 생활이 그리웠다. 자유롭게 날아다니는 새가 부러웠다. 아내도 새가 되어 마음대로 날아다니고 자유롭게 살고 싶었다. 남편이 사표라도 내고 귀국하였으면 하는 마음이 간절했다.

나는 아내의 5월 25일 자 편지를 5월 31일 받아보고 저녁에 어머니에게 전화를 하였다. 아내가 너무 힘들어하는 것 같으니 며느리 일 좀 살살 시키시라고, 너무 심하게 일을 시키는 것 아니냐고 항의(?)를 했다가 거꾸로 꾸중만 들었다. 아내의 짐을 경감하여 주려다가 오히려 아내가 일러서 내가 전화한 것처럼 아내를 더 어렵게 만들었다. 아내를 구원하러 나섰다가 혼만 난 나는 무력함으로 인하여 힘이 쭉 빠지고 말았다. 나는 결혼 후에는 어머니 앞에서 아내 편을 들어서는 안 된다는 진리를 제대로 알지 못했었다.

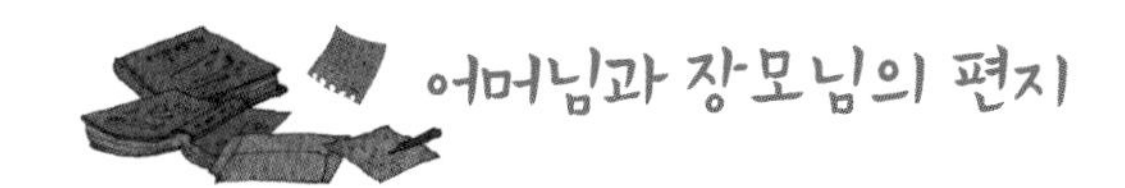

어머님과 장모님의 편지

이즈음 어머님과 장모님께서 보내온 편지를 소개한다.

먼저 아내가 본격적인 시집살이로 힘들어하던 때 내가 어머니께 전화로 그리고 편지로 아내의 처지를 개선하여 주길 부탁드리자 어머니께서 써 보내신 편지다.

석원아 보아라.

네가 보낸 편지 잘 받아보았다.

네가 염려하는 네 아내는 네가 있을 때보다 더 관심을 쓰고 있으니 아무 염려 말아라.

6월 초부터 꽂꽂이도 나가라고 용돈으로 한 달에 3만 원 주던 것 6만 원 준다.

일주일에 한 번씩 나가고 제 잡비 보태 쓰라고 했다.

아침은 나랑 같이 하고 점심은 싸 가지고 가고 저녁식사는 제가 들어와서 한다.

쉬고 저면 쉬고 자고 저면 자고 하니, 네가 없어서 좀 쓸쓸할 것이지만 주님을 의지하고 몸 건강하게 집에서 편히 있으니 아무 염려 마라.

선화동 친정집에 가서 있다가 오라 해도 안 간다 하니……. 또 혜숙이(대학교 다니는 여동생) 방학하면 친정집에 가서 쉬고 오랄까 한다.

부디 부탁한다.

네가 염려한다고 한 치도 더 할 수도 없고 덜 할 수도 없으니 하나님이 주시는 직분 잘 감당하며 모든 염려는 사탄이 주는 것이고 평안은 하나님이 주시는 줄 알고, 사탄에게 져서 근심하거나 염려해서 몸이라도 쇠약해지면 좋아하는 것은 사탄이다.

염려 말고 몸 건강하게 하나님이 주시는 그 직분 잘 감당하여 하나님께 영광을 돌리는 것이 네 사명이다.

네가 건강한 것이 부모님께 효도이며 아내에게도 좋은 남편이 되는 것 아니겠느냐?

부디 염려 말고 네 평안이 내 평안이며 네 평안이 네 아내의 평안이다.

부디 아무 염려 말고 맡은 바 일에 충성하며,

기도를 쉬지 말고 아침에도 기도 밤에도 기도하며 건강하기 바란다.

1984년 6월 10일

어미로부터

옛말에 '방에 들어가면 시어머니 말이 옳고 부엌에 가면 며느리 말이 옳다.' 더니 그 말이 딱 맞는 말이다. 어머니는 '며느리는 쉬고 싶으면 쉬고 자고 싶으면 잔다.' 고 한다. 시부모 시누이 시동생들과 살고 있는 며느리가 어떻게 쉬고 싶을 때 쉬고 자고 싶을 때 잘 수가 있겠는가? 아내는 다리가 떨어져 나갈 정도로 하루 종일 일만 한다는데, 어찌하면 좋은가?

다음은 장모님의 편지다.

임 서방 보게

훌훌히 떠나간 후 소식 몰라 궁금하던 차 편지 받아보니 반갑기 한이 없네.

그간도 이국 만 리 타국에서 고생이 많겠지. 그러나 별고 없이 지낸다니 다행한 일이구먼.

먼저 하나님께 감사드리네. 편지 받고 바로 답하려 하였으나 집이 팔려 집 보러 다니느라 분주했고 그간 할아버지 생신도 되고 이일 저일 분주하여 늦어서 미안하네. 이해하게.

가내 별일은 없으니 안심하게.

남아 대장부가 한 뜻을 품고 시작했으면 끝맺음을 잘 해야 하네.

사람은 누구나 장단점이 있는 법, 그러기에 서로 도우며 격려하며 모자란 것 채워주며 살아가는 게 아닌가? 그러나 모든 일을 심사숙고하여 결코 후회 없는 삶을 살아야 하네. 환경에 지배를 받고 그때그때 감정에 치우쳐 잘못 일 처리하고 후회해서는 아니 되네. 성공 실패 꿈꾸면서 울고 웃는 그 순간에 짧은 인생길은 다 끝나는 것이니 가치 있게 없어서는 아니 되는 사람으로 살아가길 바랄 뿐이네.

경옥이는 너무 염려 말고 위로하고 격려하여 참고 견딜 수 있도록 도와주게.

행여라도 어머님에게 경옥이 위하고 아끼는 투의 말이나 편지는 삼가 조심하게.

도리어 역효과로 심한 타격은 본인이 받는 것이니 경험이 많은 선배의 말로 알고 명심하게.

부모 슬하에서 아내를 거느리려면 조심조심 지혜롭게 처신해야 양 편이 다 평안한 것, 부모 편에 서면 남편 하나 바라고 시집온 아내가 너무 외롭고 절망이고, 아내 편에 서면 부모들이 배신감에서 반발을 하게 되니 또한 집안이 불편하고 부모 또한 허전한 것, 부모도 결혼 이전의 부모와 결혼 이후의 부모와는 사고방식과 이해가 다르다는 것 명심하고, 총각시절 부모로 알고 언어 행동을 하면 그건 큰 오산이네.

쓸데없는 잔소리를 늘어놓은 것 같구먼. 그러나 딸의 평강을 염려하는 어미의 노파심에서 한 말이라 생각하고 너그럽게 양해해 주게.

그저 부탁은 틈나는 대로 성경 보고 항상 기도하며 찬송하고 하나님 의뢰하고 주님 손잡고 동행하길 바라며 부탁하네.

하나님께 소망을 둔 자는 물질만이 다는 아니니까 먹든지 마시든지 무엇을 하든지 그리스도를 위하여 하여야 하네. 외로울 땐 기도하고 쓸쓸할 땐 찬송하고 하루하루를 승리함으로 평생 승리자가 되어야 하네.

할 말은 많으나 지면으로 다 쓸 수 없고 오늘은 이만 필을 놓겠네.

부디 몸조심하고 잘 있게.

1984. 6. 24.

장모가

두 분 어머님께서 써 보내주신 편지 글들은 구구절절이 신앙인의 바른 교훈이다. 나를 낳고 가르쳐준 어머니나 아내를 낳고 고이 길러 주신 장모님이나 나의 평생 짝이 된 나의 아내나 모두 이렇듯 확실한 신앙의 여자들이었다.

동생의 위로 편지

이렇게 고생하고 있는 아내와 나를 이해하고 위로해주는 싹싹한 동생의 편지도 있다.

큰형 보소서

훈련기간이라 쓰지 못하다 보니 이제 비로소 펜을 들게 되었군요. 집에 갔다 온 지 어느덧 한 달이 다 되어 가네요. 큰형의 편지를 받고 재미있었던 우리 오 남매 옛일이 생각나더군요. 아마 이때쯤 안영리 수영장에 놀러 갔던 일하며 속리산 가족여행 갔었던 일 등등. 그런 것 보면 형은 무척이나 세심할 정도로 부모님과 동생들 생각을 많이 하였던 것 같아요. 지금도(싱가포르에) 나가 있는 것이 우리 가족을 위해서가 아니겠어요? 그러니 모두 힘을 모아 서로 돕고 살아야지요. 매일 받기만 하는 동생이지만 언젠가는 동생들도 형에게 줄 수 있는 때가 올 거야요. 그때까지 비록 힘들겠지만 힘써 주세요. 동생들이 결코 실망시키지 않을 겁니다.

형수님 지금 고생이라면 고생이지만 이보다 더 큰일을 하기 위해선 겪어야 할 과정이라 생각합니다. 편안하고 안일한 생활만 하는 온상 속의 꽃은 연약하듯이 우리 가정의 사람이 되려면 조금 단련된 생활을 해봐야 된다고 생각하니 너무 걱정 마세요. 형수님께서는 다 이해하고 또 잘 지내고 계시니 아마 염려 놓으셔도 됩니다. 그런 가운데 어머님 아버님께서 걱정하시는 것, 고생하시는 것을 이해하며 행복한 가정을 꾸려 가실 수 있을 테니까요. 두 분 고생이 축복의 전초병임을 확신합니다. 개인주의 속에서도 우리 가족만큼은 대가족을 유지하며 보다 큰 행복을 누리리라 생각합니다. 결혼한 후에도 결코 자신의 욕심만 차릴 동생은 단 한 명도 없습니다. 아버님 어머님의 영향도 있겠지만 형님과 형수님의 희생 역시 밑받침이 될 것입니다.

집안 얘기하다 보니 집 얘기가 뒷전이 돼 버렸네요. 멋있는 집이었어요. 빨간 벽돌로 지은 2층 집이더군요. 우리에게 너무 과분한 집이 아닌가 할 정도로 훌륭한 집이었답니다. 휴가차 집에 갈 적에 집을 찾는데 어려움이 있을 것 같아 일찍 대전에 도착했었는데 다행히도 곧 집을 찾았답니다. 어둠 속에 보이는 집이었지만 너무 크고 멋있어 의아심을 가졌거든요. 사실 앞집 정도의 단층 슬래브집으로 예상했었거든요. 모두들 좋아하더군요. 무엇보다 좋은 것은 어머님과 형수님께서 추운 겨울에도 별 고생 없이 부엌일을 하실 수 있다는 것이지요. 이제 형의 소원이 대충 해결된 것 같아요. 무척 보람을 느끼실 거야요. 아버님 어머님 형도 형수님도 모두 말에요. 할머님께서도 오셨었다고 하는데 "과연 하나님을 잘 섬기더니 집이 잘 되는구나." 하셨을 거야요. 형님 수고 많이 하셨어요. 결국 모두 형님께 귀착되겠지만 형제의 우애는 아마 어느 가정 이상으로 화목될 거예요.

큰형, 저도 형처럼 열심히 공부하여 좋은 직장 취직할 수 있도록 노력할게요. 항상 느끼는 것이지만 형이 생각해주는 만큼 따라주지 못하는 것 같아 죄송스럽군요. 아무래도 '형만 한 동생 없다'는 그 말이 맞는가 봐요. 항상 충고와 좋은 말 많이 해주시고 혹 철없는 동생에 대해 너무 실망 마시고 잘 지도해주세요. 부족함을 느끼는 만큼 잘 따르도록 노력할게요.

늘 건강하시고 기쁨의 나날이 되기를 바라겠어요.
그럼 오늘은 이만 안녕할게요.
주의 날개 아래 항상 거하시길 바라며.

1984. 0. 00.
0째 동생

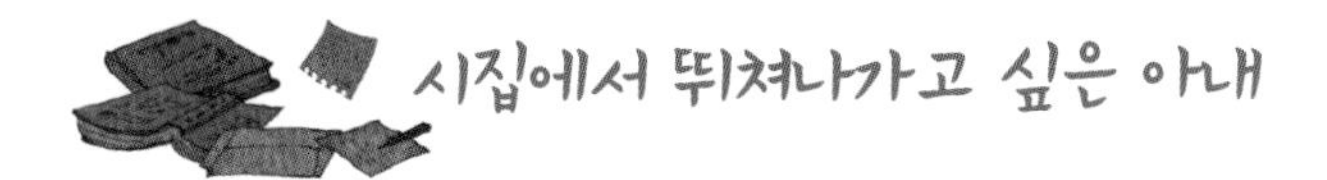

결혼 1주년 기념이라고 서로 안타까운 사랑의 편지를 주고받은 지 2주일도 지나지 않아 아내는 다음과 같이 몹시도 격앙된 감정의 편지를 보내왔다. 6월 10일 어머니께서도 쓰셨듯이 아내는 7월 초 여동생이 방학을 하면 친정에 다녀오도록 예정되어 있었다. 아내는 시집을 벗어나서 친정에 가서 한 달가량 편하게 지내고 올 요량이었다. 그래서 어머니께서 평상시 다녀오라고 해도 안 갔는데……. 어머니께서는 친정에 가 있으면 시댁에 오기 싫어지니 며칠만 다녀오라고 하셨으니 아내의 기대와는 너무나 격차가 컸다.

석원 씨에게

정말 무슨 말을 해야 할지.

편지를 쓸까 말까 열두 번도 더 망설이다가 이렇게 펜을 잡았어요.

이 글을 쓰는 내 마음의 만 분지 일이라도 당신은 이해할 수 있을는지.

오죽하면 내가 이 글을 쓰겠어? 울면서 울면서 쓰는 내 마음.

누군 먼 나라에 있는 사람한테 기쁜 소식 좋은 말 안 쓰고 싶은 줄 알아?

하지만 그러자니 내가 미쳐버릴 것 같아!

견디기가 너무 괴로워.

이러다 정말 무슨 병나서 제명에 못 살 거야!

아무리 시부모님이 잘해주셔도 어디 내 부모 같은가?

내 부모 같으면 감정표현이라도 하고 사니 속이나 썩진 않을 거고.

당신도 잘 알 테지만 당신 부모는 남들보다 특별해!

당신네들 세대와 우리 세대가 얼마나 다른데.

그 관념과 사고방식의 차이란 얼마나 큰데.

당신네들 옛날 생각하고 그걸 지금 세대에 살고 있는 나에게 강요하면 어떡해?

예를 들자면 당신 부모가 특별나다는 것은,

남들은 신랑이 없으면 일부러라도 서로가 불편하니 친정에 보낸다는데,

내가 모두들 방학도 했고 하니 한 달 정도 친정에 가 있으면 안 되겠냐고 하니 일언지하에 거절!

친정에 가 있으면 시댁에 오기 싫어지니 며칠만 다녀오라시니,

어디 당신 부모가 특별하지 않은가?

모든 게 다 그래!

너무 생각이 다르니 어떻게 내가 견뎌내겠나?

정말 날 이렇게 만든 당신이 너무나 미워지는구나!

난 요즈음 너무나 갈등이 심해!

다 때려치우고 수녀나 될까?

아니면 어디서 돈을 빌려서 싱가포르 가는 비행기 타고 당신 옆으로 날아갈까?

나 어떡해? 미치겠다!

언제나 돌아올 거야? 내가 갈게! 응? 내가 가도 되잖아. 당신이 돌아오기 어렵다면.

가서 당신 옆에서 지내고 싶어. 판잣집이라도 하나 얻어서 살면 되지 뭐!

정말이야. 내 마음 진심이야! 당신은 돈 벌 욕심 때문에 못 들어오니 (아내에게 죄짓고 있으면서 - 아내를 이렇게 괴롭히는 건 죄야!) 내가라도 나가야 되지 않겠어?

내가 살짝 집 빠져나가 돈 빌려서 싱가포르 가는 비행기 탈까?

정말 못 참겠다.

내가 편지 쓴 거 또 당신 엄마한테 다 일러?!

그래서 나 또 혼 내켜 봐. 내 가슴 찢어지게.

정말 지금의 내 심정은 최후의 결정을 내리기 일보직전이야!

당신의 답장에 달렸어.

제발 나 좀 살려줘. 그렇지 않으면 OOO OOOOO (지움)

나 괴롭지 않게 해줘.

나 마귀의 노예가 됐나 봐!

기쁨이란 하나도 없으니.

1984. 7. 8.

당신의 사랑이

'살찐 돼지' 보다 '사람다운 사람'

아내의 이런 편지를 받고 괴롭지 않은 남편이 어디 있겠는가? 나는 편지 받은 날 밤 바로 다음과 같은 편지를 썼다. 이때는 아내의 편지가 정말 빨리 도착했다. 8일에 쓴 편지가 12일에 나에게 전달되었으니 4일 만에 온 것이다.

나의 사랑하는 나의 아내 경옥에게

더위에 또 짓궂은 장마에 고생이 많은 줄 아오.

그러한 가운데서도 부모님 잘 모시고 건강한지?

나는 건강하게 잘 있소만,

7월 8일에 쓴 당신의 편지를 받고 당신의 마음이 심히 편치 않음을 알고 나의 마음도 심히 괴롭소. 당신이야 항상 그랬겠지만…….

모든 게 당신이 OK면 나도 OK인데…….

"살찐 돼지보다는 배고픈 소크라테스가 되고 싶다."는 어느 철인의 말이 생각나는군.

서울에서 당신하고 그야말로 행복한 나날을 지낼 때에 나는 마음 한 구석에 항상 고생하시는 부모님들을 생각하지 않을 수 없었어. 나도 '살찐 돼지'보다는 – 소크라테스는 치우고서라도 – '사람다운 사람'이라도 되고 싶었어. 내가 생각하는 '사람'이.

한마디로 부모님들 고생하시는 것 보면서 행복하게 사느니 내가 고생하는 것이 더 속 편하다고 생각했어. 그래서 아내까지 고생시키고 있지만…….

여보!

부모와 형제들이 있는데 어떻게 혼자만 또는 남편과 단둘이만 잘 살 수 있겠소?!

최소한 부모님과 형제들은 돌보며 살아야지.

우리 부모님들 세대를 생각해봅시다.

이날 이때껏 그분들은 부모님 모시고 자식들 가르치시느라 고생만 하신 분들 아니요?!

무려 30여 년씩이나.

여보!

우리는 2년만 고생합시다.(1년 후 귀국하더라도 지금은 그렇게 생각합시다.)

양가 부모님들이 그렇게 고생하셔서 우리들을 이렇게 키워 놓았다는 것을 깨닫고!

내가 우리 부모님들만 위한다고 생각하지 마오.

당신은 늦은 동생이 있으니 지금 그 아이 학비 마련하고 있다고 생각하구려.

부모님들 30여 년 고생하신 것 생각하면 우리는 불과 1년 내지 2년 아니오? 참읍시다.

이왕 시집온 것. 시집 사정도 익히 알고 이해하고!

당신의 남편이 그저 생긴 게 아니잖소.

나의 부모님들이 당신이 보는 바와 같이 30여 년 동안 고생하셔서 만든 작품이라오.

오직 당신에게 주기 위해서!

좋은 방향으로 생각합시다. 그릇 생각하기 시작하면 그릇될 수밖에 더 있겠소?

여보!

정말이지 난들 왜 당신하고 행복하게 지내는 것이 싫겠어? 그렇지만 사람의 도리는 해야지!

자기가 할 바를 해야 떳떳할 수 있는 것 아니겠어?!

우리가 부모님에게 이렇게 한 후에야 부모님 앞에서 바로 설 수 있고 동생들에게 큰소리도 칠 수 있잖아!

결국에는 당신과 내가 고생한 대가 이상으로 우리에게 돌아올 것이고.

또 당신은 나에게 큰소리 칠 수 있을 테고.(?)

이번 기간만 지나면 진짜 진짜 모든 것을 당신 뜻대로 결정하도록 할게.

여보!

하나님은 남편을 사랑하라 하셨으니 나 미워하지 마!

난 언제까지고 당신을 사랑하는데…….

승리하고 축복받는 나의 아내가 되길 바라며.

1984. 7. 12일과 13일 사이.

당신을 사랑하는 남편이

추서) 좌우지간 6개월 후 휴가 들어가서 봅시다.

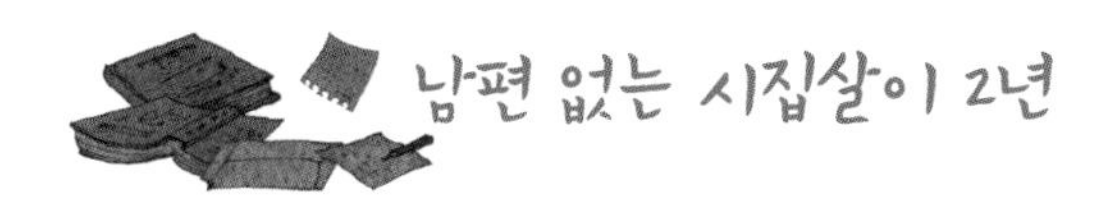

남편 없는 시집살이 2년

남편 없이 하는 시집살이를 어쩌랴? 아내가 남편의 해외근무 2년 동안 남편 없는 시집살이를 할 수밖에 없다는 사실을 현실로 받아들인 때는 남편 출국 후 4개월이 지나서였다. 그 4개월은 아내의 일생 중 가장 길고도 긴 시간이었다. 그 당시 내가 아내에게 할 수 있는 말은 '참자'라는 말밖에는 없었다. 우선 첫 휴가 갈 때까지 6개월만(해외근무 직원 휴가제도를 개정 중이었는데 처음에 6개월마다 휴가를 하는 것으로 추진하였지만 8개월마다 휴가로 결정되었음) 참아보자고 하였다. 첫 휴가 들어가서 상황을 보고 아내가 정신적으로도 힘들어 도저히 안 되겠다고 판단되면 회사를 그만두겠다고 했다. 내가 아내를 너무 염려하여 사표 이야기를 꺼냈더니 아내는 펄쩍 뛰며 만류하였다. 회사를 그만두겠다는 말은 아내를 한 번 더 죽이는 일이라고 했다. 무슨 일이 있어도 죽은 듯이 잘 있을 테니 오히려 나보고 1년이라도 채우고 들어오라고 했다. 그다음 편지에서는 훌륭한 남편을 만드는 훌륭한 아내가 되려 하니 1년이 아니라 당초 계획한 대로 2년을 마치고 들어오라고 했다. 이제 와서 아내를 걱정하고 후회해본들 소용없는 일이고 내가 잘 근무하고 건강하게 귀국하기만을 바란다고 하였다. 아내는 어떠한 어려움과 고독 속에서라도 꿋꿋하게 참고 기다리겠다고 했다.

아내는 더 나아가 거짓말로 나를 위로하는 편지도 보내왔다. 잘 먹고 운동도 하고 책도 보고 잘 지내고 있단다. 일도 몸에 배어 '식은 죽 먹기'라고 허세까지 부렸다. 아기가 잘못되지만 않았어도 남편의 빈자리를 채워 주어 큰 무리 없이 2년 동안 떨어져 있을 수 있었을 텐데……. 우리의 결혼 초기는 이렇게 힘들고 어려웠다.

나는 역설적으로 아내를 위로할 수밖에 없었다. 신혼 초에 남편을 해외에 내보내고 혼자 시집에 들어가 살면서 고생하는 것 아무나 겪을 수 있는 삶이 아니라고. 축복받을 사람만이 할 수 있는 경험이라고. 이런 고난을 지나게 되면 남편은 아무나 할 수 없는 아내 사랑, 세상에서 2등가라면 서러워할 아내 사랑을 하게 될 거라고. 동서고금을 막론하고 아내 사랑에는 1등가는 남편이 되겠노라고!

1개월 더 근무하여 해외 근무기간 2년 1개월을 마칠 때까지 아내에게는 너무나도 힘든 고비고비가 계속 이어졌다. 아내는 토라져서 한 달도 넘게 편지를 쓰지 않고 독을 품고(?) 딱하게 지낸 적이 두 번이나 있었다. 그래도 나는 내가 지은 죄(부모님과 동생들에게 안락한 집을 사주려고 아내에게 시부모님 모시고 넷이나 되는 동생들 뒤치다꺼리하게 한 죄)로 매주 편지를 써 보내곤 했다. 그때마다 답장도 안 하고 버티는 아내의 심정은 어떠했을까? 하루하루가 악에 받친 힘든 나날이었음에 틀림없다.

다음은 내가 출국한 지 1년쯤 되었을 때 어려운 아내의 심정을 보여주는 편지다.

사랑하는 석원 씨!

며칠째 계속 편지를 썼다 찢어버리고 또 썼다 찢어버리고…….

펜만 들면 속상하고 괴로운 일들이 종이를 메꾸니…….

하지만 소식을 기다릴 당신을 생각하며 또 펜을 들었군요.

물론 이런 소식을 바라지는 않겠지만요.

솔직히 이젠 정말 지쳤어요.

어떻게 하여 정상까진 오긴 했지만 이젠 지칠 대로 지쳐 내려갈 힘조차 없답니다.

당신은 언제나 편지로 위로를 보내주며 내가 정 힘이 들면 당장이라도 오겠다며 거짓말을 무던히도 해왔지만 그래도 나는 그 거짓말을 믿으며 거기서 힘을 얻고 참아 1년이란 세월이 흘렀군요.

하지만 이젠 정말 너무너무 지쳐 더 못 견디겠어요.

당신이 정말 가족들을 사랑하며 희생하는 마음의 1/10이라도 나를 사랑하는 마음이 있다면 이 한 가닥의 소망을 저버리지 않을 줄 믿어요.

당신이 맡고 있는 공사가 올 6월이면 완공된다더군요.

그러니 그 공사가 끝나면 귀국하도록 해요.

내가 왜 이러는 줄 알아요?

나도 이젠 혼자 지내기도 힘들고 고통스럽고 지치기도 했지만 당신과 내가 이렇게 괴로워하며 희생하며 고생해봐야 다 헛수고라는 생각이 들어서 그래요.

당신은 가족들을 위해 이렇게 고생을 하는데 이게 뭐예요?

내가 이곳에 있으면서 모든 걸 보고 경험하니 이젠 우리가 이렇게 희생할 필요가 없다는 것을 깨달았어요.

내가 작년 크리스마스 땐 그래도 서운했지만 참았지요. 부모님은 그렇다 하더라도 당신 동생들 어쩌면 형이(오빠가) 자기네들을 위해 그렇게 고생하는데 카드 하나 편지 하나 못 해요?

크리스마스 땐 그렇다고 해도 당신 생일을 알고 있으면서도 그렇게 무심할 수가 있어요?

될성싶은 나무는 떡잎부터 알아본댔어요. 자기들의 친구들한테는 카드고 편지고 하면서 그래, 형이(오빠가) 친구만 못한가요? 내가 곁에서 지켜보자니 너무너무 속상해요. 아주 실망이고요. 이젠 다들 커서 생각할 수 있는 나이인데 누가 일러줘서 하나요? 마음에서 우러나서 해야지요. 다만 난 당신이 너무 불쌍하고 우리가 이렇게까지 마음 아파하며 헛고생할 필요가 없다는 걸 다시 한번 깨닫게 된 거죠.

석원 씨!

당신이 당신 부모님이나 동생들 사랑하는 마음의 1/10만이라도 이 아내를 사랑한다면 이번만은 내 간절한 소망을 저버리진 않겠죠?

들고 있던 계도 6월이면 다 끝나니까 당신 계획도 다 실행된 거 아녀요?

그러니 7월에 귀국해요! 어머님도 그렇게 알고 계시는 것 같던데…….

지금 내 마음 같아서는 7월이 뭐예요? 지금 당장이라도 사표 내고 귀국하라고 하고 싶어요.

막말로 다시 시작해도 둘이 벌면 먹고살지 못하겠어요?

하지만 당신이 이번 계 넣는 것까지 책임져 보겠다고 하니 나도 다시 한번 큰 맘 먹고 참는 거예요. 하지만 6월까지만이에요.

약속해줘요? 정말이에요!

이 한 가닥의 나의 소망을 저버린다면 당신은 날 조금도 사랑하지 않는 걸로 알겠어요!

나는 강한 여자가 아녀요. 너무나 약한 평범한 여자일 뿐이에요.

석원 씨!

이런 편지 쓰는 내 마음은 당신보다 몇 배나 더 아프답니다.

내가 당신과 결혼한 후 지난 1년 반 동안 흘린 눈물은 내가 결혼 전 26년간 살아오면서 흘린 눈물의 몇 배는 될 거예요.

정말로 당신은 나의 눈물 남편이군요.

열 번을 더 생각해봐도 난 맏며느리감은 못 되는 것 같아요. 미안해요.

내가 나를 이겨내지 못하니 정말 괴로운 날들의 연속이군요.

당신이 나의 소원을 들어주길 간절히 원하면서.

1985. 2. 14 밤.

당신을 사랑하는 아내

남편과 함께 살며 하는 시집살이라면 남편에게 이르고 화도 내고 풀어버릴 수 있는데 쌓인 감정을 풀어버리지 못하니 하루하루가 괴로울 수밖에 없었을 것이다.

왜 아내는 나 같은 사람과 결혼했단 말인가? 후회막급이었다. 남편 하나 믿고 결혼했는데 속았다는 생각이 들었을 것이다.

하루에도 몇 번씩이나 나쁜 마음이 드는 것을 이를 악물고 참으며 감정을 추스르며 살고 있는 아내였다. 아내는 남편 귀국하는 날까진 그저 죽은 목숨이려니 하고 살수 밖에 없었다.

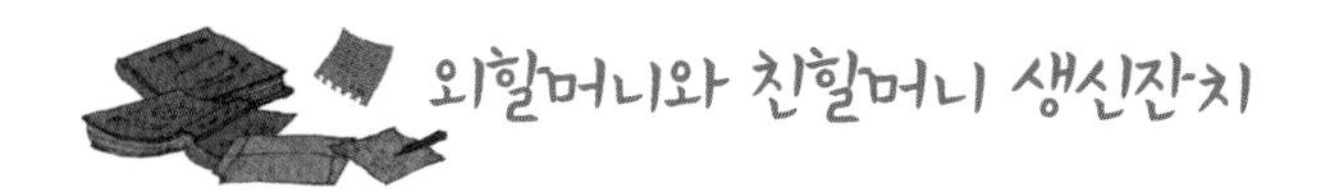

외할머니와 친할머니 생신잔치

5월 하순 외할머니 생신잔치를 우리 집에서 차렸다. 잔칫날 한, 두 주 전부터 준비를 했으리라. 집안 청소부터 손님들 잠자리 준비, 이부자리 빨래, 서너 가지 김치 담그기 등은 기본이지 않았겠는가? 그때에 무슨 출장뷔페가 있었겠는가? 혹 있었다 하더라도 일할 며느리를 두고서 돈 들여 출장뷔페 음식을 주문할 어머니가 아니잖은가. 잔치 준비고 음식 장만이고 다 아내 혼자 감당해야 할 일들이었다.

아들이 사우디에서 벌어 온 돈 갖고 서울에 아들 집도 사고, 또 불린 돈으로 금산에 땅도 샀다. 또 아들이 싱가포르 나가서 대전 가양동 새 주택단지에 새집도 장만했다. 3년 연거푸 큰 재산 3건을 장만하였다. 어머니는 친정 부모님들과 친정 형제자매들에게 금산 땅과 새 집을 보여드리며 자랑하는 행사로 봄에 외할머니의 생신을 우리 집에서 차린 것이다. 또 여름에는 친할머니의 생신잔치를 친가 쪽 형제자매들을 모시고 우리 집에서 차릴 예정이었다. 그야말로 빈주먹으로 객지에 나와서 성공한 당신들의 모습을 양가 부모님과 형제자매들에게 보여드리는 잔치다. 웃음 띤 아버지 어머니의 얼굴 모습을 그려보며 큰아들로서 나는 정말 행복했다. 그러나 아내는 외할머니 생신잔치 2박 3일 동안 무진 고생을 하였다.

다음은 이러한 우리 집의 역사를 보여주는 아내의 편지다.

사랑하는 당신에게

12시를 알리는 시계 종소리를 들으며 당신에게 편지를 쓴답니다.

단둘이만의 시간을 가질 수 있을까 하여…….

(중간 생략)

5/25일부터 오늘 27일까지(연휴라) 연사흘 20여 명이나 되는 대 손님을 치르느라 팔다리가 빠져 달아나는 것처럼 아프고 잠 한숨 제대로 자지 못해 매우 피곤했답니다. 당신에게 편지 써야 할 시간이 없어 매우 속상해도 당신의 아내로서 임 씨 집안의 맏며느리로서 외할머니 생신이지만(딸들과 며느리들이 있지만) 그래도 우리 집에서 하는 잔치이기에 당신 얼굴에 먹칠하지 않으려고 금방 쓰러질 것 같아도 얼굴에 웃음을 띠며 이를 악물고 손님을 치렀습니다.

오늘 낮에 모두 돌아가시고 그 지친 몸을 이끌고 그래도 전화로나마 당신의 목소리를 들으면 모든 피곤이 싹 풀리고 위안이 되겠지 했는데……. 당신 전화도 없고 매우 실망이 되어 사흘 동안 쌓였던 피곤이 몰려오는군요.

(중간생략)

당신 친할머니 생신도 올해는 우리 집에서 찾으신다고 하는군요.

할머니 생신은 7월 25일인데 한여름이니 보통 걱정이 아니군요. 그러니 당신 휴가는 당신이 잘 생각해서 잡도록 하세요.

1985. 5. 27 밤

당신의 아내

독일 출장

어떤 일이든지 처음부터 끝까지 순탄하게 잘 진행되기란 쉽지 않고 흔하지 않다. 싱가포르 공사도 그랬다. 28층짜리 쌍둥이 건물 호텔 마감공사 중 인테리어 공사에 소요되는 목재를 독일산 오크(Oak)로 결정, 수입하고 있었다. 공무부에서 발주하고 제대로 Expediting(협의 촉진) 하지 않아 문제가 된 경우였다. 인테리어 자재 도면을 확정하고 확정된 도면에 의거 제작해야 하는 자재이다 보니 공무부에서 업체 선정을 하였다. 공무부 외주팀에서 부소장까지 결제를 받고 나서 나에게 발주 품의서를 가지고 왔다. 부소장이 결재를 하면서 "수입자재이니 자재팀의 합의를 받고 소장 결재를 올려라."라고 했다. 신용장을 개설, 수입, 통관, 운송하는 업무는 내가 하고 있었으니 나에게 온 것이다. 나는 제작 자재라 하더라도 공무부에서 업체를 선정하지 말고 자재팀에 업체 선정을 요청하여야 한다고 생각하였다. 나는 공무부에서 작성한 품의서를 들고 부소장인 관리

담당 이 이사님의 방을 노크하였다. 이 이사님은 본사 자재담당 임원을 지내셨던 분이다. 나는 서류를 이 이사님이 보시도록 책상에 펼쳐놓고 말씀을 드렸다.

"부소장님, 독일산 오크 자재 발주 건 보셨습니까?"

"그래, 내가 임 대리 보여주고 자재팀 합의를 받으라고 했는데, 왜?"

"아니, 이사님은 본사 자재 담당 임원을 하셨던 분이 어찌 수입자재 발주를 공무부에서 하게 합니까? 이건 저희 자재팀에서 해야 될 일입니다."

"뭐야? 이 자식이 아주 당돌한 놈 아냐? 여기는 현장이야. 본사가 아니야. 본사 업무분장은 본사 업무분장이고 여기 현장에서는 현장소장과 부소장인 내가 판단해서 업무를 효율적으로 할 데를 정해서 시키는 거야. 제작 자재를 어떻게 자재팀에서 해?"

"아니, 설계팀에서 도면을 그려서 저희 팀에 보내주면 자재팀이 왜 못 합니까?"

"시간이 없잖아. 설계팀은 공무부에 같이 있잖아. 설계팀에서 도면 뽑아 바로 옆에 외주팀에 주어서 검토하고 견적 받고 업체 선정해야지. 언제 서류 만들어 자재팀에 청구하고 왔다 갔다 해?"

"……."

"건방진 놈."

"알겠습니다. 저는 신용장만 개설해 주겠습니다."

"신용장 개설해주고 통관만 해."

부소장은 신용장 열어주고 때가 되어 자재 들어올 때 통관만 하면 다 되는 줄 아는 모양이었다. '그래, 공무부 너희들이 해봐라. 수입 업무를 아무나 해도 되는 건 줄 아는 모양인데. 그렇게 아무나 할 수 있다면 내가 여기 왜 있나?' 나는 억하심정이 되지 않을 수 없었다. 수입이란 지리적으로 분리된 다른 나라에서 생산하는 제품을 들여오는 일이다. 특히 제작품인 경우 제품이 사양에 맞게 제작이 되는지 한 품목 한 품목 확인하여야 하고 선적일정에 맞추어 제작이 완료될 수 있도록 꾸준히 업체와 통신하여야 한다. 품목과 수량이 많을 경우에는 공사부로부터 품목별 소요계획, 즉 품목별로 월별 소요 수량을 받아야 한다. 그리고 생산업체에 품목별로 월별 선적 수량을 보내야 한다. 최종 선적이 완료될 때까지 꾸준히 업체와 통신을 유지하여 공사가 진행되면서 그때그때 필요한 자재가 적기에 들어오도록 생산과 선적을 독려하여 공사 진행에 차질이 없도록 해야 한다. 또 사양이나 품목과 수량, 소요시기가 조금이라도 변경되면 그때마다 생산업체와 최종 소요자인 공사부 사이에 착오가 없도록 중간 역할을 잘 하여야 한다. 이러한 업무를 Expediting(협의 촉진)이라고 하는데 플랜트 공사, 특히 EPC 공사(Engineering설계 · Procurement구매 · Construction시공) 시 Procurement구매 업무 중 없어서는 안 되는 아주 중요한 일이다. 그런데 공무부에서 누가 이 일을 한단 말인가? 어쨌든 나는 독일 산 오크 목재 수입과 관련하여 신용장만 개설하고 자재가 들어오는 대로 통관은 통관 회사에서 잘 하고 있었기에 까맣게 잊고 있었다.

어느 토요일 현장 공정회의 시간에 난리가 났다. 독일에서 수입하는 오크 목재 때문이었다. 회의에는 소장, 부소장과 공무, 공사, 기계, 전기, 관리부의 부장 그리고 공사부 소속 4개 공구장과 자재팀장이 참석하였다.

부소장인 이 이사님은 관리부와 자재팀을 책임 맡고 있었다. 관리부 현지 여직원 샐리가 나에게 와서 이 이사님이 나를 찾는데 엄청 화가 나 있다고 했다. 나는 독일산 오크 자재가 제대로 안 들어와서 공사를 못하겠다는 불평을 공사부에서 몇 번이나 들었다. 독일 생산업체 입장에서는 품목별로 한 가지씩 전체 수량을 생산하는 것이 효율적이기에 품목별로 전체 수량을 생산, 선적하여 보내고 있었다. 그러나 공사부 입장에서는 호텔 객실별로 필요한 품목들을 선적하여 들여와서 객실 하나하나씩 완료하고 손상이 되지 않도록 문을 잠가야 한다. 공사 인부가 2,000여 명이나 들락거리니 비싼 품목이 많이 들어있는 별 다섯 개의 고급 호텔 1,000여 개의 객실을 다 열어놓고 공사를 진행할 수는 없다. 공무부에서 발주만 했지 생산업체로 하여금 공사부의 소요시기에 맞게 각 품목을 소량씩 생산, 선적토록 하지는 못하였던 것이다. 공사부장과 공무부장, 자재팀장 셋이 서로 책임을 전가하고 싸움을 벌이고 있을 게 뻔했다. 자재팀 염 차장은 '그건 공무부에서 발주한 자재다. 자재팀에서는 신용장만 열어주고 통관만 하기로 했다.'고 말하면서 당연히 '자재팀 책임이 아니다.'라고 말하고 있을 것이다. 대리인 내가 가서 뭐라고 말을 한단 말인가? 불같은 성격의 이 이사님에게 가 봤자 큰소리로 혼날 뿐이었다. 나는 샐리에게 '나 사무실에 없다'고 하라고 하고 나와 버렸다. 월요일 아침에 출근하자마자 부소장이 나를 불렀다. '어이쿠, 올게 왔구나.' 하고 부소장 방을 노크했다.

"이사님, 부르셨습니까?"

"어, 임 대리, 어서 와. 독일 오크 자재 얘기 들었나?"

토요일과 일요일, 이틀을 지나면서 어느 정도 화가 풀린 이 이사님은 평정을 되찾고 담담하게 말씀하셨다.

"제대로 잘 안 들어온다는 말만 들었습니다."

"그래? 구체적인 건 공무부 외주팀 홍 차장한테 가서 얘기 듣고 준비 되는 대로 바로 독일 출장을 가도록 해. 공무에서 뽑아주는 품목은 공사 진행을 위해서 긴급하게 들여와야 되니까 항공으로 싣도록 해. 두세 컨테이너 물량쯤 뽑으라고 했는데 생산자인 필립 홀즈만(Philipp Holzmann) 돈으로 싣도록 잘 협상해봐. 정 안 되겠으면 우리 돈으로라도 실어 보내. 항공으로 선적해서 출발하는 것 보고 돌아와."

"네, 알겠습니다."

대답은 이렇게 했지만 사실 나는 이건 공무부 일이니 공무부 담당자가 가야 한다고 말씀드리고 싶었다. 해외출장은 누구나 가고 싶어 한다. 지금까지 수개월 동안 이 일을 하던 김 과장이 있지 않은가?. 그가 가야 생산업체와 대화가 되지 않겠는가? 그러나 현장 공사 진행에 차질을 빚고 있는 데다 무서운 이 이사님의 얼굴, 화를 참으며 굳어 있는 얼굴을 보고서 그렇게 얘기를 할 수는 없었다.

공무부 외주팀 홍 차장에게 갔더니 긴급 선적해야 할 12가지 품목과 수량 리스트를 뽑아 놓았다. 계산해 보니 20피트 컨테이너 3대 분량이었다. 설계팀 사 대리와 함께 내일이든 모레든 비행기 잡히는 대로 가야 한다고 말했다. 나의 임무는 긴급 선적이었고 설계팀 사 대리의 임무는 몇 가지 도면 확정이 안 된 품목의 도면을 독일 생산자와 대면 협의하여 정하는 것이었다. 그리고 도면을 현장으로 보내 바로 발주처와 협의하여 확정, 승인을 받고 다시 생산자에게 전달하여 생산, 선적하도록 하려는 데

목적이 있었다. 나는 그날 종일 하던 업무를 마무리하고 저녁에 출장업무 준비에 들어갔다. 먼저 상대 업체 독일 필립 홀즈만에 텔렉스를 보냈다. 나를 소개하고 설계 사 대리와 함께 출장 간다고 알렸다. 긴급 선적요청 자재 리스트도 보내면서 해당 자재를 미리 준비해달라고 요청하였다. 그리고 합의서(Memorandum) 초안을 미리 만들었다. 항공운송비용 전액 수출자 필립 홀즈만 부담으로 작성하였다. 긴급 선적 품목과 수량 리스트도 만들었다.

다음 날 싱가포르에서 프랑크푸르트로 가는 직항편인 싱가포르 항공과 독일 루프트한자 항공권이 없어서 우리는 영국 브리티시 항공편으로 런던을 경유하려 프랑크푸르트에 도착하였다. 프랑크푸르트 공항에 도착하자 필립 홀즈만의 수출부장 미스터 코흐(Koch)와 목재가공공장 사장 미스터 슐츠(Schulz)가 마중 나와 있었다. 그들은 우리를 프랑크푸르트 시내 마인 강변에 위치한 인터콘티넨탈 호텔로 안내를 했다. 방 두 개를 예약해 두었다. 우리는 출장비를 아끼려고 비싸지 않은 적당한 호텔에서 둘이 방 하나를 쓰려고 생각했었다. 그런데 별 다섯 개짜리 비싼 호텔에서 각자 방 하나씩을 써야 하는, 전혀 우리가 뜻하지 않은 상황이 벌어졌다. 그 당시 유럽이나 미국에 여행 가서 남자 둘이 한 방에 들어가면 동성애자 호모로 여긴다는 말을 들었기에 우리는 참으로 난처한 입장이 되었다. 설계 사 대리와 나는 일단 그들이 예약한 대로 각자 방에 들어가고 나중에 한 방으로 합치기로 했다. 동남아 태국이나 저개발국가로 출장을 가면 상대 업체에서 호텔비를 내준다는데 이곳 유럽에서 그런 행운을 바랄 수는 없었다. 결국 우리는 방을 합치지 못하고 열흘 동안 비싼 호텔비를 내고 각자 방을 써야 했다.

다음 날 아침 필립 홀즈만의 수출부장 미스터 코흐(Koch)가 호텔로 우리를 픽업(Pick-up)하러 왔다. 먼저 필립 홀즈만의 본사가 있는 프랑크푸르트 사무실에 갔다. 목재가공공장 사장 미스터 슐츠(Schulz)와 생산부장 그리고 물류팀장이 와 있었다. 독일 파트너 네 사람과 우리 두 사람이 회의를 했다.

그들은 내가 보내준 긴급 선적요청 품목 12가지의 재고와 즉시 생산 가능 여부를 미리 파악해 놓았다. 8가지는 요청 수량 전부를 바로 선적할 수 있고 나머지 4가지는 나의 텔렉스를 받고 원자재 준비 중이라고 했다. 나는 일단 안도했다, 독일은 선진국이고 필립 홀즈만은 독일뿐 아니라 유럽, 전 세계에서 상위 랭킹에 드는 큰 회사였다. 우리나라는 그 당시 겨우 후진국을 벗어나려고 발버둥치고 있었고 우리 회사도 한국에서는 다 아는 대기업이지만 그들이 보기에는 아직 후진국의 조그만 업체일 것이다. 그런데 내가 보낸 텔렉스에 즉각적인 반응을 보이고 있었다. 또 내 영어 실력으로 명실상부한 국제회의에서 잘 해낼 수 있을까 염려를 많이 했었다. 그러나 그들과 몇 마디 나누어 보자 그들도 영어 네이티브 스피커(Native speaker)는 아니었기에 두려움이 사라졌다. 그럼 남은 4가지는 언제 생산하고 언제 선적 준비되느냐고 물었다. 생산부장은 원자재가 들어오면 생산 라인을 바꾸고 각각 하루 내지 이틀이면 – 품목에 따라서는 긴급 선적요청 수량뿐 아니라 전체 오더 수량도 전부 한꺼번에 – 생산한다고 했다. 생산부장은 회의 중에도 원자재 수배 건으로 전화를 받으러 나갔다 들어왔다 했다. 결국 4가지 품목도 원자재 들여오고 생산하는데 1주일이면 가능하다고 말했다. 8가지 품목은 컨테이너로 얼마만한 물량인지 물었다. 물류팀장은 항공으로 요청하였으니까 20피트 두 컨테이너 정도가 된다고 했다. 항공편은 알아보았는지 물었더니 오늘 오후에 함께 검수하고 내일 수출 포장하면 3일 후쯤 항공편으로 선적할 수 있다고 했다. 그래서 우리는 오후에 준비된 8가지 제품을 먼저 검수하기로 했다. 내일부터는 공장으로 출근해서 남은 4가지 품목의 원자재 들어오는 것을 확인하고 생산하는 것도 보기로 했다. 설계 사 대리도 공장에서 디자인팀과 생산팀과 함께 확정되지 않은 몇 가지 제품의 도면에 대해서 안을 잡기로 했다. 출장 기간 중 우리가 해야 할 일과 그들이 해야 할 일을 적고 최종적으로 항공선적 비용에 대한 합의만이 남았다. 나는 이렇게 말했다.

"당신들이 생산, 선적하는 오크 마감재가 공사일정에 맞추어 들어오지 않아서 우리 공사 진행에 막대한 차질을 빚고 있다. 우리 현장에는 2,000여 명의 일꾼들이 일하고 있는데 하루 임금을 50달러로만 봐도(당시에는 그 정도밖에 되지 않았다.) 하루 늦어지면 100,000달러 손실이 난다. 공사부장은 크게 화를 내고 있다. 그는 필립 홀즈만에 손실보상 요구를 하라고 하였다. 나는 사태가 그렇게 나쁘게 진행되지 않기 바란다. 그러니 너희들이 우리 현장 상황을 이해하고 이번 항공선적 비용은 호의적으로 너희 회사에서 부담해라. 그리고 앞으로 이 오크 마감재 공사가 제때에 못 끝나서 호텔 개관 예정일에 준공을 못하게 되면 우리 회사는 지체배상금으로 발주처에 큰 액수의 돈을 배상하여야 한다. 그렇게 되면 우리는 너희 회사에 손해배상 청구를 아니할 수 없게 된다, 그러니 이번 항공선적 자재뿐 아니라 남은 자재도 우리가 주는 선적일정에 맞추어 생산하고 제때에 선적해 주기 바란다."

그들은 저희들끼리 독일어로 한참을 얘기했다. 그리고 최종적으로 나의 말에 동의했다. 나는 그들에게 감사하다고 말했다. '야호! 성공이다.' 나는 마음속으로 쾌재를 불렀다.

20피트 세 컨테이너를 항공편으로 선적하여 보내고 나는 당초 일정보다 하루 먼저 출발하였다. 설계 사 대리는 확정되지 않은 제품 도면 안이 나올 때까지 좀 더 도와 달라(영어 통역)고 했지만 나는 미안하다고 말하면서 거절했다. 도면은 스케치 그림으로 서로 통할 수 있겠기에 영어가 좀 모자라더라도 설계 사 대리 혼자 할 수 있다. 나도 프랑크푸르트에 더 머물며 구경도 하고 싶었지만 어찌 그렇게 하랴? 현장에서 나를 기다리는 일들이 쌓여 가는데. 현장에 돌아오니 소장과 부소장은 무척 좋아하셨다. 직원들에 대한 호 불호가 뚜렷한 김 소장님은 자재팀장 염 차장을 좋아하지 않으셔서 우리 자재팀 직원들도 모두 좋아하지 않으시는 것 같았다. 그런 김 소장님이 토요일 공정회의 시간에 나를 참석하라고 하고 부장, 팀장들 앞에서 20피트 세 컨테이너를 항공으로 선적하고 그 비용을 어떻게 필립 홀즈만이 내도록 하였는지 브리핑하라고 하면서 나를 칭찬해 마지않으셨다.

화재 사고

공사 말기에 또 화재사고도 있었다. 아침에 출근하자마자 공사부 C타워 박 대리가 격앙된 얼굴로 내 자리에 왔다.

"임 대리, 큰일 났어."

"왜, 무슨 일 있어요?"

"화재 사건이야. 우리 C타워 3층에 보관 중이던 단열재가 다 탔어."

"아니, 단열재는 타지 않는 물질 아니에요? 단열재에 불이 붙나요?"

"불꽃이 일어나지는 않지만 속으로 타 들어가더라고. 아침에 출근하여 현장을 돌아보는데 매캐한 연기 냄새가 나는 거야. 냄새를 쫓아가보니 단열재 창고(준공 후 호텔 대회의실이 될 자리)에서 연기가 솔솔 나는 거야. 문을 열고 들어가 보니 연기가 꽉 차 있고 단열재가 다 시커멓게 탄 거야. 어쩌면 좋냐? 준공일까지는 세 달도 안 남았는데. 이거 어디서 들어온 거지?"

"그거 미국 유에스 집섬(US Gypsum)인데, 재고가 있을 경우 오더 내면

한 달이면 들어와요. 얼마나 탔는데요?"

"다 탔어. 겉으로는 괜찮은 것 같은데 건드리니 푸석푸석 속은 다 새카맣게 타 있더라고."

"보고했어요?"

"그래, 공구장이 소장한테 보고하러 갔어."

나는 안전화를 신고 안전모를 쓰고 박 대리와 C타워 단열재 창고로 올라갔다. 세상에! 단열재가 얼마나 많이 쌓여 있는지……. 호텔 대회의실이다 보니 넓기도 넓고 층고(천정높이)도 높아서 정말 한정 없이 물건을 쌓을 수 있을 것 같았다. 안쪽으로 들어가 보니 겉으로 보기에는 멀쩡한 것 같은데 들춰보니 속은 빨간 불덩이였다. 어마어마한 물량의 단열재가 다 탔다. 화재로 타버린 물량은 어림잡아 40피트 15~20컨테이너는 될 것 같았다. 박 대리는 남은 공사에 들어갈 단열재 수량을 바로 산출해서 나에게 청구하기로 했다. 나는 박 대리에게 화재 현장을 건드리지 말고 그대로 보존하도록 요청하고 사무실로 돌아와서 보험회사에 연락했다. 그 당시 싱가포르에 근무하는 우리 회사 임원, 부장부터 사원까지 어느 누구도 이러한 사고로 보험 보상을 받은 경험이 있는 직원이 없었다. 나는 무역영어와 무역실무를 책으로 혼자 공부하던 때 본 공인 감정사를 떠올렸다. 공인 감정사를 보험회사에서 선임하도록 하는 것보다 우리 측에서 선임하는 것이 우리에게 더 유리하리라 판단하였다. 나는 보험회사와 상담하지 않고 옐로페이지(Yellow Page ; 업종별 전화번호부)에서 싱가포르에 있는 공인 감정회사 몇 군데를 찾아냈다. 그리고 싱가포르에 나와 있는 한국 무역회사와 우리 통관 회사에 연락하여 각각의 감정사들에 대해 물어

보았다. 내가 보험 보상을 받고자 그렇게 공인 감정사를 선정하고 지불할 감정 수수료를 청구하자 주위에서는 '우리가 낸 화재사고인데 보험회사에서 보상해주겠느냐?', '천재지변이나 화재 등으로 인한 손해에 대하여는 보상해 주지 않잖아.', '공연히 감정 수수료만 내는 게 아니냐?' 등의 부정적인 반응이 있었다. 그러나 부소장과 소장은 독일 출장에서 보여준 나의 능력을 믿어주고 감정 수수료(약 250달러 정도로 기억함) 지불 건을 결재해 주었다. 다음 날 보험회사 담당자와 공인 감정사, 박 대리와 나 네 사람은 화재가 난 현장을 조사했다. 나는 그동안 수입한 단열재 수입 선적 서류 일체를 2부씩 준비하여 보험회사와 감정사에게 제출하였다. 기억으로는 전체 수입물량은 40피트 7~8컨테이너씩 일곱 번 정도 분할 선적하여 40피트 50컨테이너가 넘게 들어왔다. 공인 감정사는 화재현장의 사진을 몇 장 찍고 창고로 쓰던 대회의실 전체 면적과 높이를 물었다. 그리고 단열재가 쌓여 있던 장소의 넓이와 높이를 측량하고 화재로 인한 손실량을 산정했다. 옆에서 박 대리는 전체 수입물량의 반 정도를 공사에 투입했으니 남은 재고는 40피트 25컨테이너 정도가 될 거라고 말했다. 공인 감정사와 보험회사 담당자가 돌아갔다. 며칠 후 공인 감정사는 보험회사와 우리 회사에 화재사고 감정 보고서를 보내왔다. 이 화재사고로 인하여 우리 회사는 40피트 20컨테이너가 넘는 물량에 대하여 보상을 받았다. 보상받은 금액은 약 350,000달러였다. 그런데 박 대리는 남은 공사에 소요되는 물량으로는 40피트 8컨테이너를 청구하였다. 금액으로는 140,000달러가 좀 안 되었다. 소장은 정말 8컨테이너면 되느냐고 박 대리와 공구장에게 물었다. 박 대리와 공구장은 수차례 거듭 확인한 것이라고 하였다.

결국 공사 초기에 과다하게 청구, 수입하였는데 잉여자재를 화재로 다 태우고 보상받은 결과가 되었다. 보험회사로부터 350,000달러가 우리 회사 은행계좌로 입금되자 김 소장님은 자재팀 내 책상 앞에 와서 자재팀장 염 차장에게 이렇게 말했다.

"염 차장, 지난 번 화재사고 때 C타워 공구 사무실에 가서 단열재 다 태워 회사에 막대한 손실을 끼쳤다고 혼냈더니 그게 아니더군. 화재사고로 회사에 큰 손해가 난 줄 알았더니 잉여자재 태우고 임 대리가 오히려 200,000불 넘게 벌었다며? 자재팀은 돈만 쓰는 부서인 줄 알았는데 돈도 버는구먼! 하하하!"

성격이 천진난만하기까지 한 김 소장님은 나를 보면서 정말 좋아하셨다.

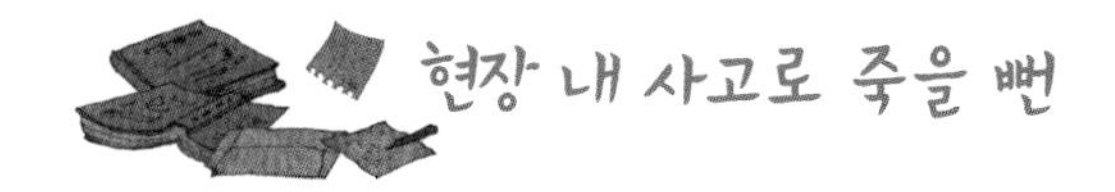

현장 내 사고로 죽을 뻔

결혼 후 나의 해외근무, 싱가포르 2년은 아내와 나의 삶의 여정에 가장 혹독한 시간이었다. 남들은 모두 좋은 나라에서 근무하여 좋았겠다고 하지만 아내와 나에게는 끔찍한 2년이었다. 오직 부모님과 동생들에게 나는 장남으로 태어난 죄(?)로, 아내는 큰며느리가 된 죄(?)로 세상 어느 누구도 요구하지 않는 의무(?), 장남으로서 해야 한다고 스스로 생각한 도리(?)를 다한 2년이었다. 아내는 편지마다 남편도 없이 시집살이하는 서러움을 쏟아 낼 수밖에 없었다. 나는 또 그 하소연을 가슴으로 받아들일 수밖에 없었다. 나는 아내의 가슴 아픈 편지를 받을 때마다 밤에 혼자 공원 벤치에 앉아서 희미한 가로등 불빛으로 아내의 하소연을 읽곤 했었다. 이렇게 아내의 편지를 받은 날은 반갑기도 하였지만 밤잠을 제대로 못 자 머리가 몹시 아프기도 했다 그러던 어느 날이었다. 잠을 설치다가 늦잠을 자 아침을 먹지 못하고 출근을 하였다. 머리는 몹시 아팠지만 빈속에 약을 먹을 수는 없었다. 통상 공사현장에서 일하는 우리는 점심을 얼른 먹고 20여분쯤 낮잠을 자곤 하였다. 그날도 점심 먹고 일단 한숨 자고 나서 몽롱한 상태로 현장 내에 있는 의무실에 약을 타러 갔다. 내가 근무하던 래플즈 시티(Raffles city) 건설공사는 당시 건축공사로는 한국건설업체가 시공하여 온 공사 중 – 국내는 물론이고 해외 전 지역에서도 – 가장 큰 공사였다. 싱가포르 이광요 수상이 찬사를 보냈던 공사였고 노태우 대통령이 후보 시절에 방문했던 공사였다. 싱가포르 시청 잔디광장 옆 스탬퍼드 로드(Stamford Road) – 노스브리지 로드(North Bridge Road) – 브라스 바사 로드(Bras Basah Road) – 비치로드(Beach Road)로 둘러싸인 큰 사각형 부지 위에 73층 한 동과 28층 쌍둥이 두 동의 페어몬트 싱가포르 호텔(Fairmont Singapore), 42층 사무실 빌딩 한 동, 그리고 이 4개 동의 건물을 연결하는 6층의 포디엄(백화점, 상가, 음식점, 스포츠 시설 – 수영장, 테니스장 등)으로 구성된 대규모 복합빌딩 공사였다. 우리나라 서울에서 견주자면 을지로 롯데호텔과 롯데백화점 그리고 웨스틴 조선호텔과 시청광장 옆 프레지던트호텔까지를 포함하는 대단히 큰 규모의 공사였다. 우리는 이 복잡한 빌딩 내 2층 백화점 자리에 임시 칸막이를 설치하고 현장 사무실로 사용하고 있었다. 의무실은 현장 부지 내에 있지만 이 복잡한 빌딩을 빠져나가서 밖에 있었다. 공사가 한창 진행되고 있어서 오가는 길이 수시로 바뀌었다. 나는 의무실 방향으로 나가는데 길이 좀 변경된 듯했지만 평상시 다니던 길로 나갔다. 그러다가 나는 의식을 잃고 쓰러졌고 병원으로 긴급히 옮겨졌다. 나는 한밤중에 병원에서 깨어났다. 방사선과 직원들과 간호사들이 엑스레이 사진 찍으려고 나의 몸을 이리저리 돌리자 그때서야 깨어난 것이었다. 온몸이 쑤시고 아팠다. 움직일 수가 없었다. 쓰러진 지 거의 10시간 만에 의식이 돌아온 것이었다. 내가 의식을 잃고 병원 응급실로 황급히 실려 가자 현장에서는 난리가 났다. 불과 한 달 전에 현장 근로자 한 사람이 현장 내 계단에서 추락사고로 사망하였는데 또 직원인 내가 사고를 당하여 의식을 잃었기 때문이었다. 그때까지도 현장 총무 이 대리와 싱가포르 여직원 샐리가 내 옆을 지키고 있었다. 두 사람은 내가 깨어나자마자 바로 관리부장과 부소장, 소장에게 내가 의식이 돌아왔음을 보고하였다. 이미 자정 12시가 다 되었는데도 부소장님은 달려와서 내가 신체적으로나 정신적으로 이상이 없음을 확인하고 돌아갔다. 다음 날 저녁 싱가포르 영국 영사관(British Council) 영어 고급반(Advanced Course)에서 영어를 함께 공부하던 아가씨 애미와 수미 둘이 위문을 왔다. 공부시간에 결석 한 번 안 하고 열심이었던 내가 강의시간에 안 나타나자 우리 회사로 전화를 하였단다. 내가 사고를 당하여 병원에 입원하였다고 하자 어느 병원인지 물어서 내가 입원해 있던 탄톡셍 병원(Tan Tock Seng Hospital)으로 찾아왔다. 마침 부소장님이 퇴근하는 길에 병원에 들렀다가 싱가포르 아가씨 둘이 내 병실에 와 있는 것을 보고서는 "임 대리 공부한다고 일찍 퇴근하더니 연애만 했구나." 하면서 웃으셨다. 나의 사고와 여자 친구(?) 소식은 금세 싱가포르 전 직원과 가족들에게까지 퍼져서 나는 갑자기 유명한(?) 사람이 되었다. 사고는 내가 현장 건물 밖으로 나가는 순간 위에서 떨어지는 콘크리트 거푸집 자재에 맞아 쓰러진 것이었다. 콘크리트를 타설하기 위해서 거푸집으로 조립하는 자재는 콘크리트가 굳고 나면 해체하여 재활용하거나 버리게 된다. 일단 지상으로 내렸다가 상태를 봐서 다시 재활용하든지 버리든지 하는데 지상으로 내릴 때 통행로를 제대로 막고 작업을 했어야 하는데 어설프게 막은 것이 원인이었다. 안전모를 쓰고 있지 않았다면 즉사하였을 것이다. 낙하물은 안전모를 쓴 나의 머리와 왼쪽 어깨를 강타하였다. 나의 안경은 어디론가 날아가 버렸고 위, 아래 치아가 부딪치면서 치아 대여섯 개가 손상을 입었다. 위아래 치아가 맞닿아 씹는 쪽과 옆 부분이 깨어지고 부서져 일부가 떨어져 나갔다. 손상이 심한 위아래 어금니 두 개의 치아는 손상 부위를 때워야 했다. 지금도 치과에 가면 의사나 간호사가 "딱딱한 것을 무리하게 깨물고 씹어서 이빨이 많이 상했네요."라고 말한다. 젊은 날 장남으로서 부모님과 동생들 편히 살 집을 마련하기 위하여 고생을 스스로 사서 한, 또 아내까지 고생을 시킨 증표이다.

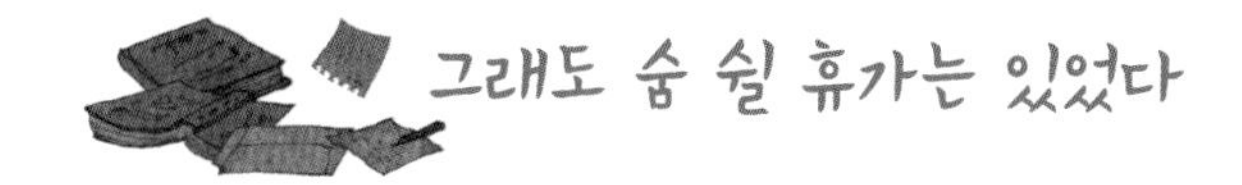

그래도 숨 쉴 휴가는 있었다

남편 없는 삭막한 시집살이였지만 아내에게도 숨 쉴 휴가가 있었으니 내가 본국 휴가를 받아 왔을 때이다. 지금은 해외 근무 시 4개월마다 본국 휴가를 오지만 당시에는 8개월마다 휴가였다. 1984년 10월, 첫 휴가 때 아내와 나는 호남의 금강산이라고 불리는 내장산과 백양산 단풍구경을 갔다. 역시 기억에 남는 것은 일상사를 벗어나 다른 세계로의 여행이다. 아내에게는 남편 없이 사는 적진 시집살이에서 벗어난다는 게 얼마나 큰 해방이었겠는가? 우리는 아침 일찍 관광버스를 타고 출발하였다. 버스는 우리를 내장사 입구에 내려놓고 한 시간 반 정도의 단풍구경 시간을 주었다. 주어진 시간 동안 우리는 일주문에서 내장사까지 250여 미터의 환상적인 단풍 길을 손을 잡고 걷고 절 주변을 돌아보았다. 우리는 다시 버스를 타고 백양산을 넘어서 백양사로 갔다. 백양사 주변 단풍구경을 하고 두 시간 반 정도 후 백양사 앞 주차장에서 버스를 타기로 했다. 우리는 젊고 에너지가 넘치는데 백양사 경내 주변만 돌아볼 수 있었겠는가? 왕복 3km 정도의 거리인 백양사에서 약사암까지 등산을 하기로 했다. 가는 길에는 우리나라 천연기념물인 비자나무 숲도 있다. 약사암에 올라서 바라보는 백양산은 진녹색의 침엽수에 빨강과 노랑으로 물든 활엽수가 알록달록 조화롭게 섞인 예쁜 가을 산이었다. 이 아름다운 우리나라 가을 산 속에서 유유히 노니는 한 쌍의 젊은 연인을 그려보자. 또 때로는 자연의 그 아름다움을 한 움큼이라도 더 만끽하고자 삼림 속을 뛰어다니기도 하는 청춘의 두 남녀를! 비록 하루 동안의 소풍이었지만 잊을 수 없는 우리 둘만의 시간이었다.

1985년 7월 두 번째 휴가를 와서는 아내와 남해안 일주 2박 3일과 홍도와 흑산도 2박 3일의 여행을 연이어서 다녔다. 우리는 책에서 읽고 사진으로만 보았던 유적지며 관광지를 여행하였다. 남원 광한루와 순천 송광사를 돌아보았고 우리나라 최초의 현수교로 섬과 육지를 연결한 남해대교에서 사진도 찍고 통영 해산물 시장에도 가 보았다. 또, 거제 한산도에 올라 이순신 장군의 기념공원을 거닐기도 하고 한려해상 국립공원을 배를 타고 둘러보고 해금강의 좁은 바위섬을 들어가 보기도 했다.

2박 3일의 남해안 여행을 끝내고 우리는 처갓집으로 돌아와 하룻밤을 잤다. 아버지 어머니께는 5박 6일로 남해안과 홍도, 흑산도를 다녀온다고 말씀드렸기 때문이다. 다음 날 다시 홍도와 흑산도 2박 3일의 여행길에 나섰다. 목포까지 버스를 타고 가는데 우리는 책에서만 배운 넓은 호남평야를 직접 눈으로 확인할 수 있었다. 잠시나마 산도 없고 끝이 없이 넓어 외국에 온 것 같은 느낌이 들었다.

우리 일행은 목포에서 홍도까지 쾌속선을 타고 들어가기로 예약이 되어있었다. 그런데 여름철이라 섬으로 여행하는 사람들이 많고 쾌속선 운행회사에서 예약을 넘치게 받아 놓아서 단체 관광객인 우리들은 한 배에 전부 탈 수가 없었다. 결국 섬에 들어갈 때는 일반 여객선을 타고 나올 때는 쾌속선을 타기로 조정이 되었다. 물론 쾌속선 요금과 일반 여객선 요금의 차액은 돌려받았다. 나의 해외 월급 전부를 어머니가 관리하였기에 만져보지도 못하고 어머니한테서 쥐꼬리만 한 용돈을 받아쓰던 아내나 해외에서 일만 하던 나는 돈이 넉넉할 리 만무하였다. 그런데 두 사람분의 뱃삯 차액을 되돌려 받으니 오히려 더 좋았다. 쾌속선은 2시간 30분 정도면 홍도에 도착하지만 고속버스처럼 안전띠를 매고 좌석에 앉아만 있어야 하니 밖에 나와서 자유롭게 바다를 구경할 수가 없다. 그러나 일반 여객선은 6시간 이상 배를 타야 하지만 객실에 앉아서 쉴 수도 있고 갑판 위에 올라가서 바다를 즐길 수도 있어서 더 좋았다. 양보하여 일반 여객선을 타고 간 것이 일생 동안 잊지 못하는 추억이 될 줄이야! 역시 '양보하는 사람이 복을 받는다.'는 말은 진리인가 보다. 당시 서른의 나이도 안 된 젊은 우리 두 사람은 커플 복장을 하고 있었다. 똑같이 하얀색 바지 위에 하늘색의 가는 줄이 촘촘히 가로로 쳐진 티를 입고 얇고 깜찍한 패션 커플시계를 똑같이 왼쪽 손목에 차고 있었다. 이 커플 복장은 싱가포르에서 동료들과 센토사 섬에 놀러 가다가 만난 젊은 부부의 커플 복장을 보고 부러웠던지라 휴가 오기 전에 내가 미리 준비한 것이었다.

갑판 뒤에 올라앉아 꼭 붙어서 아내의 양산을 함께 쓰고 당시에 유행하던 포크송을 부르며 배를 타고 있는 커플 복장의 젊은 두 남녀, 얼마나 멋진가! 우리는 시간 가는 줄도 모르고 젊음과 여름 그리고 바다를 소재로 한 노래들을 조용히 속삭이듯이 함께 불렀다. 그러던 중 불현듯 바다가 멈췄다. 배도 멈췄다. 시간이 멈췄다. 아무리 둘러보아도 바다가 움직이지 않았다. 전혀 물결이 일지 않았다. 중학교 때인가 책에서 읽은 적이 있는 '면경(거울) 같은 바다'가 되어 있었다. 분명히 배는 가고 있음에 틀림없다. 주위의 사람들도 그대로 있었다. 그러나 배의 엔진 소리도, 물결 갈라지는 소리도, 주위 사람들의 말소리도 전혀 들리지 않았다. 우리 두 사람만이 놀라운 경이감과 의아함에 사로잡혔다. 우리 두 사람은 서로를 쳐다보며 멈춰진 바다와 멈춰진 시간 가운데 그야말로 무아의 경지에서 무언의 교감과 희열을 나누고 있었다. 평생, 이런 경이로운 세계의 시간을 경험한 사람이 몇이나 될까? 바다는 물결 하나 없이 거울의 면 그대로 정지되어 있는데 배는 앞으로 나아가고 있는 기이한 현상 속에 우리는 있었다.

그다음 날 배를 타고 둘러보는 홍도는 정말 아름다웠다. 한려수도의 해금강은 누가 이름 붙였는지 그는 분명 홍도를 와 보지 못하였음에 틀림없다. 홍도 주변의 아름다운 섬들을 본 사람들이 홍도를 서남해의 해금강이라고 이름 붙였다니 그나마 다행이다. 다음 날 우리는 흑산도 주변을 돌아보고 흑산도에 상륙하여 자유 시간을 가졌다. 방파제 끝까지 걸어갔다 오기도 하고 어시장을 둘러보기도 했다. 아내는 오징어를 좋아했다. 돈도 많지 않은데 아내는 오징어를 사자는 것이었다. 나는 너무 비싸서 안 된다고 했다. 배 출발시간이 얼마 안 남아서 배로 돌아가면서도 아내는 "여행을 갔다가 어떻게 빈손으로 들어가요?" 하면서 양가(친가와 처가)에 선물을 해야 하니 뭐든 사야 한다고 하면서 오징어를 사서 우리도 먹고 선물도 하자고 했다. 나는 할 수 없이 오징어를 사기로 했다. 배 출발 시간이 다 되었으므로 같이 온 일행에게 배 좀 잡고 있어 달라(?)고 하고서 뒤로 돌아 뛰기 시작했다. 시장에 들어가서 통통한 마른오징어를 한 축 샀다. 그러고는 배를 향해 또 뛰기 시작했다. 우리는 숨을 헐떡거리며 배에 올라탔다. 목포에 와서 저녁을 먹고 대전으로 출발을 했다. 아내는 올라오는 차 안에서 오징어를 네 마리나 해치웠다.

그때의 꿈같은 여행의 추억은 결혼 34주년이 다 된 지금도 생생하다. 신혼 초 그 어려운 삶을 뚫고 나온 나의 아내는 참으로 고마운 나의 인생 여행의 동반자다.

배의 엔진 소리도, 물결 갈라지는 소리도, 주위 사람들의 말소리도 전혀 들리지 않았다. 우리 두 사람만이 놀라운 경이감과 의아함에 사로잡혔다. 우리 두 사람은 서로를 쳐다보며 멈춰진 바다와 멈춰진 시간 가운데 그야말로 무아의 경지에서 무언의 교감과 희열을 나누고 있었다.

싱가포르 근무 마감

당시 회사의 해외 근무 직원 의무 근무기간은 2년이었다. 회사에서 공사를 수주하게 되면 그 공사를 수행할 조직이 구성되고 그 구성원들은 원칙적으로 그 공사가 끝날 때까지 해야 한다. 단 2년 근무 후 회사에 청원을 하여 본국으로 근무지를 이동할 수 있었다. 나의 계획도 2년이었다. 1986년 2월 초, 3월 초에 귀국하겠다고 귀국원을 제출하였다. 그런데 부소장으로서 관리 전반적인 업무와 자재업무를 총괄하던 이 이사님께서 나의 귀국 발령을 내주지 않았다. 이런 청천벽력이 있나? 내가 귀국하면 수입자재업무 마무리를 할 사람이 없다는 게 이유였다. 마감공사 완전히 다 끝날 때까지 3~4개월 정도 더 근무하라고 하였다. 나는 "알겠습니다."라고 대답을 하고 부소장 방을 나왔다. 솔직히 나는 이 부소장의 말을 따라 몇 달 더 근무하고 싶었다. 집값은 다 치렀지만 2년을 고생한 아내와 나의 수중에는 한 푼도 들어온 것이 없었다. 이왕 고생한 것 몇 달 더 근무해서 우리 둘만의 돈을 모아야겠다고 생각했다. 아내에게 전화를 걸어 조심스럽게 말했더니 완전 난리였다. 2년을 어떻게 견디어 왔는데, 도대체 시집에 데려다 놓고 무슨 짓을 하고 있느냐고 차라리 죽으라고 하라고. 3월 말이나 4월 초에 애 낳다가 죽는 꼴 보려고 그러냐고. 한 아이 죽였으면 되었지 또 나오는 아이 죽이려 하느냐고…….

아내와 통화를 하고서 수입자재 청구 부서인 공무부 외주팀장인 홍 차장에게 밖에 나가서 저녁을 하자고 했다. 그는 고등학교 선배였기에 나는 사적인 자리에서는 '선배님'이라고 불렀다. 시내 한 음식점에서 만나 저녁을 함께 들면서 나는 홍 차장에게 나의 가정과 아내의 이야기를 했다. 애 낳기 전, 3월 말 안에 귀국하여야 하니 선배님이 도와주지 않으면 안 되겠다고 사정 얘기를 했다. 모든 수입자재는 홍 차장이 있는 공무부 외주팀에서 자재팀인 나에게 구입 요청을 하였다. 각 수입자재마다 구입처를 자재팀에서 결정하였지만 발주처 승인은 공무부 외주팀에서 받았기에 외주팀에서도 각 수입자재 구입처 기록을 갖고 있었다. 혹 발생할 수 있는 마감자재의 부족량 정도는 외주팀에서 오더하고 경리팀에서 송금하면 된다. 내가 먼저 귀국하더라도 이렇게 업무 프로세스를 바꾸면 된다. 마침 부소장인 이 이사님이 2월 말 즈음 귀국한다는 소문이 있으니 이 이사님 귀국하고 나면 업무처리를 이렇게 해도 된다고 소장님한테 말씀드릴 테니 내가 3월 말 안에 들어갈 수 있도록 도와달라고 하였다. 2월 말 이 이사님은 상무로 승진하고 본사 관리본부장으로 발령받아 귀국하였다. 이 이사님은 귀국하면서 "나 귀국한다고 임 대리 따라 들어오면 안 돼!"라고 말씀하였지만 나는 한 달 더 근무하면서 내가 맡은 일을 거의 다 마무리 짓고 소소

한 잔여 업무는 자재팀 잔여 인원에게 인계하고 3월 말 귀국하였다.

딸 지영이 태어나기 1주일 전에 귀국했다. 귀국 휴가기간 중에 아내는 예쁘고 건강한 딸을 낳고 나는 아내의 산후조리를 맡았다. 그리고 서울로 이사를 했다. 이삿짐과 함께 서울로 올라온 동생들이 짐을 다 들여놓고 가구들도 자리를 잡아 앉히고 한바탕 청소까지 하고서 대전으로 출발하였다. 이제야 결혼 3년 만에 다시 우리 둘과 갓 나은 딸 지영이의 가정이 시작되는 순간이었다.

아내와 나는 2년 만에 다시 돌아온 우리 집에서 서로를 마주 보며 서 있었다. 그동안 아내도 나도 수없이 울었다. 아내는 첫아이를 잃고 병원에서 혈압이 급상승하며 안정을 못 찾고 그야말로 사경을 헤매기도 했다. 나도 현장에서 안전사고로 쓰러져 의식을 잃고 병원으로 이송되기도 하며 2년 넘게 더운 나라에서 고생했다. 그러나 변한 건 아무것도 없었다. 똑같은 집, 아내가 시집오면서 맞춘 똑같은 커튼, 똑같은 소파와 테이블, 똑같은 식탁, 똑같은 밥솥, 똑같은 그릇, 똑같은 수저, 똑같은 컵……. 2년 동안 나는 아내에게 무슨 일을 시킨 건가? 어찌 이리도 가혹한 남편이었나? 아내에게 돌아온 거라고는 하나도 없지 않은가? 아~! 정말 나쁜 남편 아닌가? 결혼하지 않고 한 번 더 해외근무하여 돈을 벌어서 집안을 제대로 해놓고 결혼했어야 옳지 않았나? 3년 전 결혼한 거 하고 지금 결혼하는 거 하고 뭐가 다르단 말인가? 하나도 다른 게 없었다. 나야 큰아들로서 큰형, 큰오빠로서 내 할 일 했다지만 아내는 뭔가? 아내는 남편 잘못 만나 죽도록 고생만 했다. 이러한 아내에게 나는 평생 갚아야 할 빚을 진 것이 되었다. 대전에서 이사 오기 전 어머니만 우리 두 사람에게 "너희 둘 다 고생했다. 그래도 나중에 이 집이 너의 것 되지 누구 것 되겠느냐?" 하셨지, 아버지와 동생들은 그냥 우리 집일 뿐, 아무런 생각이 없다.

내가 싱가포르에 도착하여 업무를 시작한 지 며칠 지난 어느 날 같은 현장에 근무하던 관리 김 대리와 했던 대화가 떠오른다. 그는 내 주소를 보고서 자기도 서울 홍제동 같은 아파트에 산다고 나를 찾아왔다. 함께 이야기를 하다 보니 그의 이력도 나와 비슷했다. 학교 졸업 후 그도 (다른 회사에서) 사우디 나가서 돈 벌어 홍제동에 아파트 사고 결혼했다. 젊어서 돈을 좀 더 모아야겠다고 생각하고 있던 중 우리 S건설에서 싱가포르에 공사를 수주하였다는 소식을 듣고 경력사원으로 우리 S건설로 옮겨왔다. 중동에서 근무환경이 너무 안 좋았기에 좋은 환경의 싱가포르에서 근무하고 해외 급여받으며 돈을 벌기 위해서였다. 싱가포르로 나오면서 홍제동 아파트 전세 놓고 전셋돈 받아서 은행융자금 보태 여의도에 아파트 한 채를 더 샀다고 했다. 아내는 친정으로 보냈다고 했다. 나 보고는 어떻게 할 거냐고 물어왔다. 나도 홍제동 아파트 전세 놓고 대전에 집을 사려고 한다고 했다. 그랬더니 김 대리는 놀란 표정을 지으면서 "아니 서울에 아파트를 사 두어야지 왜 시골인 대전에 집을 사려고 해? 5년, 10년 지나면 집값이 두 배, 세 배는 차이가 날 걸?" 이렇게 말했다. 나는 대답을 할 수가 없었다. 나의 계획을 말해 무엇하랴?

김 대리가 또 물었다.

"아내는?"

"아내는 시집에 들어갈 거야."

"아니, 남편도 없는 시집에 들어가 어떻게 살아?"

"우리 아버지 어머니는 시골 사람이어서 아내를 친정에 보내겠다고 말도 못 꺼내. 우리 아버지 어머니의 머릿속엔 딸은 '출가외인'이라는 옛말 그대로야. 내가 아내를 친정에 가 있게 하자고 하면 우리 어머니는 '며느리가 시집을 왔으면 우리 식구가 된 거다. 친정은 이제 남의 집이다. 왜 남의 집에 가 있어?' 이렇게 말씀하실 게 뻔해."

나는 아버지 어머니를 완전 시골 사람으로 만들고 짐짓 꾸며서 이렇게 대답을 했다.

김 대리는 딱하다는 표정으로 나를 보고 있었다.

내가 싱가포르 나간 목적은 나와 아내의 재산을 늘리려 나온 것이 아니었다. 아버지 어머니께서 편히 쉬실 집, 동생들이 친구들 들어오라고 할 수 있는 좋은 집을 마련하는 게 목적이었다. 나의 초점은 아버지 어머니의 편히 쉼과 기뻐하심이었다. 그리고 동생들에게는 남들 못지않은 집안 환경을 만들어 주는 거였다. 그러니 아내는 남편 없는 시집에서 부모님을 모시고 살아야 했다. 장사하시는 어머니 대신 집안 살림을 깔끔하게 하고 온 식구들이 들어와서 안락하게 느낄 수 있는 집을 만들고 가꾸어야 했다. 동생들 가르치느라 고생하시는 어머니를 두고 어떻게 친정에 가 편히 있을 수가 있는가?

아내와 나에게 싱가포르 근무란, 아내는 시집에서 나는 해외에서 그렇게 고생하기로 한 것이었다. 가양동 집이 동생들 결혼하고 아버지 어머니 돌아가시고 나면 우리 재산이 될지언정.

IV. 고생 후 보답 받는 삶

하와이 연수와 여행

우리 S그룹에서는 그룹의 미래 경영자가 될 인재를 미리부터 키운다는 장기교육전략이 있었다. 매년 각 계열 회사별로 젊은 대리급 직원들 중 우수인재를 한 사람씩 선발하여 하와이 대학으로 파견 교육을 보냈다. 각 계열사별로 1명씩 엄선하여 매년 10여 명씩을 하와이대학교에 연수를 보내면 하와이대학교에서는 한 달 동안 경영학 특별강좌를 마련하여 교육을 하였다. 엄선된 10여 명의 미래 인재는 또 일주일 동안 미국 로스앤젤레스와 일본 동경에서 그 당시 미국과 일본의 선진 기업체 두세 곳을 방문, 견학하는 기회도 가졌다. 우리 S건설의 조직은 5개 본부로 구성되어 있었다. 본부별로 대상자의 근무경력과 인사고과 등 기록을 종합 평가, 엄선하여 본부장이 추천하였다. 관리본부에서는 싱가포르 현장 부소장으로 있으면서 나를 지켜보다가 본사 관리본부장으로 승진, 영전한 이 상무님이 나를 추천하였다. 미국 대학에서 한 달 동안 영어로 강의를 들어야 했기에 각 본부의 본부장이 추천한 다섯 명의 후보자가 외부 기관에서 치르는 영어시험(원어민과 회화 테스트 포함)을 통하여 최종 선발되었다. 나는 싱가포르에서 내 돈 내고 영국 영사관에서, 싱가포르 사람들뿐 아니라 중국인 일본인 등 다른 외국인들과 함께, 공부한 덕에 외부에서 치러진 영어시험에서 다른 네 명의 후보자를 물리치고 건설의 미래 인재로 선발되었다. 아! 얼마나 자랑스러웠던가!(싱가포르 근무 시 다른 직원들은 회사에서 영국 영사관 영어공부 비용을 대주었다. 그런데 나는 영어로 업무 하는데 지장 없다고 부소장이었던 이 이사님이 비용 지불 결재를 해 주지 않았기에 내 돈 내고 공부하러 다녔다.)

인사 문제는 직장인에게 매우 민감한 사안이다. 매년 말 시행되는 인사고과 결과를 토대로 승진과 이동 그리고 해고까지도 결정된다. 사우디에서 귀국 후 회사에서 매년 12월 말 본부-부문별로 인사고과 결과 최하위 5%로 평가받은 직원은 해고, 권고사직을 당한다는 소문을 들었다. 나중에 해고는 과장급 이상 직원들에게만 해당된다는 말을 듣기는 했어도 나는 상당히 놀랐다. 내가 처음 나가서 근무한 사우디 리야드 지사의 관리부장에게는 상당히 좋은 평가를 받았다. 그런데 그는 본사로 귀임하면서 임원이 되지 않자 퇴직하고 다른 회사 임원으로 이직하고 말았다. 그러니 본사 관리 부문에서 나를 좋게 평가해줄 사람이 없었다. 사우디 하일 현장은 작은 현장이었기에 회사 윗사람들에게 내가 능력 있는 직원이라는 점을 제대로 심어주지 못하였다는 생각이 들었다. 더구나 그 현장에서는 감독관 접대비 정리를 내가 거부했던 일도 있었기에 마음이 좀 찜찜하였다. 회사에 내 능력을 제대로 보여주지도 못하고 윗사람들에게 찍혀

잘릴 수도 있겠구나 하는 염려도 들었다. 그런데 부모님과 동생들 살기 좋은 집 마련해 드리러 싱가포르 현장에 나가 일한 것이 회사 윗사람들에게 크게 인정받는 기회가 되었다. 이제는 잘릴 염려는 안 해도 되겠구나 했는데 회사의 미래 경영자가 될 우수인재로 선발되다니 참으로 놀라운 일 아닌가?!

1987년 9월 초 우리 그룹의 주계열사 8개 회사에서 한 사람씩 선발된 여덟 명의 젊은 우수인재와 연수원 직원 한 명이 합세하여 전부 아홉 명이 하와이로 출발하였다. 하와이대학에서의 교육은 물론 영어로 강의가 진행되었다. 나뿐 아니라 우리 아홉 명 모두가 영어로 100% 듣기가 되는 것은 아니었지만 교재가 있으니까 듣고 읽어보면서 교육을 받으니 이해하는데 문제는 없었다. 월요일에서 목요일까지 오전 세 시간 그리고 금요일에는 오전 두 시간 강의를 들었다. 강의 주 내용은 기업가 정신과 개척자 정신, 그리고 경영능력을 함양하는 내용들이었다. 매일 오후와 주말에는 와이키키 해변(Waikiki Beach)과 호놀룰루 시내(Honolulu City)는 물론이고 오아후(Oahu) 섬 곳곳을 누비고 다녔다. 그룹 연수원에서는 우리에게 12인승 승합차량과 기사 그리고 하와이대학에서 박사과정 공부를 하는 한 사람을 우리 안내자로 배치하여 주어서 학교에 등, 하교와 관광하는데 전혀 문제가 없었다. 우리는 레지던스 호텔에 묵었다. 아침에 빵을 토스터에 굽고 계란 프라이를 해서 잼과 과일, 우유와 주스로 아침을 먹고 학교에 갔다. 점심은 하와이대학 식당에서 먹기도 하고 수업을 마치고 나와서 학교 앞이나 호놀룰루 시내에서 먹기도 하였다. 레지던스 호텔에 묵었으니 저녁때는 알라 모아나(Ala Moana) 쇼핑센터의 마트에 가서 먹거리와 생필품을 쇼핑하는 하와이 생활인이 되기도 하였다. 한 달 동안 생생한 하와이 연수였다. 회사에서 인정받아 직장인이라면 모두가 부러워하는 해외연수도 오고 장차 그룹의 주요 자리를 맡을 인재로 등록되었으니 얼마나 좋았던가!

2003년 결혼 20주년 기념 여행으로 아내와 하와이 여행을 갔다. 16년 전 회사의 미래인재로 선발되어 하와이대학에 연수교육차 와서 한 달 동안 오아후 섬을 샅샅이 훑고 돌아다녔으니 아내를 안내하는 것은 그야말로 식은 죽 먹기였다.

첫날, 호놀룰루공항에 도착하여 먼저 바람산이라고 불리는 전망대(Pali Lookout)에 올라갔다. 태평양의 시원한 바람을 맞으면서 오아후 섬 경치와 멀리 호놀룰루 시내를 조망하였다. 산에서 내려와 시내에 있는 이올라니 궁전(Iolani Palace)에 들어가 보고 카메하메하 왕의 동상(King Kamehameha Statue) 앞에서 사진도 찍었다. 점심때 토다이 레스토랑(Todai Restaurant)에 가서 아마도 우리가 먹어본 음식 중 세상에서 가장 깨끗한 태평양 해산물을 뷔페로 푸짐하게 먹었다. 오후에 호텔에 들어가 잠시 쉬고 하와이에 왔으면 꼭 가봐야 한다고 생각하는 비숍 박물관(Bishop Museum)에 아내를 데리고 갔다. 마치 호놀룰루 시민인 양 시내버스를 타고 갔다. 넓고 넓은 태평양 바다 한가운데 작은 섬들에 살았던 옛날 폴리네시아 인들이 어떻게 항해하고 바닷고기를 잡았는지를 보여주는 그들만의 독특한 문화와 역사를 볼 수 있었다. 비숍 박물관 앞마당에서 바라보는 호놀룰루 시내 모습은 맑은 날씨에 조망이 탁 트여 아주 아름다웠다. 16년 전 내가 아내를 하와이에 반드시 데리고 오리라고 생각하며 앉아 있었던 비숍 박물관 앞마당 벤치! 바로 그 자리에 아내와 둘이 앉았다. 뉘엿뉘엿 해가 넘어가는 조용한 분위기에 젖어 시간을 잊고 한참을 앉아 있었다. 호텔로 돌아오면서 로열 하와이안(Royal Hawaiian) 쇼핑센터에 들어가서 내일부터 관광을 다니며 낄 아내의 선글라스를 샀다. 아내에게 선글라스가 있었지만 당시 유행하는 옅은 색의 선글라스를 하나 더 장만한 것이다. 그리고 와이키키의 주요 사거리마다 있는 ABC Store에서 품질 좋기로 소문난 캘리포니아 나파 밸리(Napa Valley) 산 포도주 Quarter Bottle 4병 묶음과 하와이 지역에서 많이 나는 마카다미아 넛(Macadamia Nuts)과 과자를 샀다. 저녁 늦은 시간에 호텔 방 베란다에 앉아서 와이키키(Waikiki) 거리를 내려다보고 멀리 태평양을 바라보면서 우리 두 사람의 결혼 20주년 기념 파티를 조용히 했다. 나파밸리 포도주로 짱!

둘째 날 피곤하여 늦잠을 잔 우리는 오하우 섬 일주 관광버스 출발시간 9시에 겨우 맞추어서 버스에 올랐다. 다이아몬드 헤드(Diamond Head)라고 이름 붙여진 화산 분화구를 들러 본 후 – 하나우마 베이(Hanauma Bay) – 마카푸 포인트(Makapuu Point) – 와이마날로 비치(Waimanalo Beach) – 폴리네시안 민속촌(Polynesian Cultural Center) – 펄 하버(Pearl Habor)의 애리조나호 기념관(USS Arizona Memorial) – 돌 파인애플 농장(Dole Plantation) 등을 도는 오아후 섬 일주 관광을 했다.

셋째 날 계획하기로는 하와이에서 스노클링으로 유명한 하나우마 베이에 가 바닷물 속에서 고기들과 하루를 보낼 예정이었다. 그런데 하와이에 와서 연 이틀 피곤하게 돌아다닌 탓에 아내의 몸 상태가 좋지 않았다. 아내와 나는 늦잠을 자고 침대에서 게으름을 즐겼다. 점심 먹고 오후에야 나와서 발리와 괌을 여행했을 때 우리가 이름 붙인 '호텔 투어'에 나섰다. 바닷가를 따라서 세워진 리조트 호텔들을 하나하나 돌아보며 걷다가 멋진 호텔에 들어간다. 전망이 좋은 데가 나타나면 바로 그 자리에 앉아서 경치 좋은 전망을 즐긴다. 또 바다와 호텔 수영장의 수면이 수평으로 하나 되어 보이는 환상적인 호텔 야외수영장을 만나면 파란 하늘과 파란 바다 사이 수영장 안락의자에 누워 놀았다. 저마다 특색 있게 꾸민 여러 호텔들의 서로 다른 조경 속을 여유롭게 걷고 쉬고 하는 것이 우리는 좋았다. 아이스크림을 사 들고 핥으며 달콤한 맛도 즐긴다. 우리는 와이키키 해변에서 출발하여 서쪽으로 모아나 서프라이더 호텔(Moana Surfrider Hotel)과 로열 하와이안 호텔(Royal Hawaiian Hotel)을 구경하고 바닷가를 거닐다가 해가 뉘엿뉘엿 넘어가는 때 쉐라톤 와이키키 호텔(Sheraton Waikiki Hotel)의 야외 레스토랑에 자리를 잡고 앉았다. 앞으로는 바다이고 왼편으로는 와이키키 해변과 다이아몬드 헤드가 보이는 멋진 자리였다. 아내와 나는 어디서나 그렇듯이 서로 다른 과일 주스를 시켰다. 서로를 위하여 짱! 그리고 서로 나누어 마셨다. 레스토랑 안은 미국인과 또 다른 나라에서 온 서양인 관광객들로 가득했다. 아내와 나는 몇 안 되는 동양인으로 하와이에서 휴양을 즐기는 관광객 속에 있었다. 석양의 그늘이 우리가 앉아 있던 바닷가 야외 레스토랑을 잠식하자 호텔의 은은한 야외 조명등이 켜졌다. 아내와 나는 어둠 속에서 철썩이며 밀려오는 파도를 바라보며 밤 깊어가는 줄도 모르고 시간의 흐름을 잊은 채 앉아있었다.

여행 마지막 날 우리는 하와이 시내를 돌아다니며 구경을 하고 쇼핑을 하였다. 면세점 갤러리아(DFS Galleria)에 가서 딸과 아들이 좋아하는 육포를 제일 큰 포장으로 여섯 꾸러미나 샀다. 그리고 관광객들은 잘 가지 않지만 16년 전 내가 자주 갔던 알라 모아나 쇼핑센터에 갔다. 주위 사람들에게 나눠 줄 선물로 하와이 지역에서 유명한 마카다미아 넛을 아예 한 박스(큰 포장으로 12개 정도)를 샀다. 그리고 로열 하와이안 쇼핑 센터에 가서 결혼 20주년 기념 선물로 아내에게 하와이 지역에서 나는 흑진주 목걸이와 흑진주 반지 세트를 사주었다. 몇 년 전 친구 부부와 괌에 여행 갔을 때 친구는 자기 부인에게 사주었는데 나는 못 사 준 흑진주 목걸이가 내 머릿속에 남아 있었던 것이다. 정말 20년 동안 인내하고 잘 살아 준 아내에게 진정으로 감사한 마음을 전하였다. 호텔에 들어가서 선물들을 놓고 해질 무렵 다시 나왔다. 다시 못 와볼지도 모르는 와이키키 해변을 걸었다. 서쪽으로 지고 있는 아직도 뜨거운 해를 등지고 동쪽으로 쿠히오 해변(Kuhio Beach)을 지나 어둑어둑해지는 카피올라니 공원(Kapiolani Park)까지 걸었던 기억이 아직도 또렷하다.

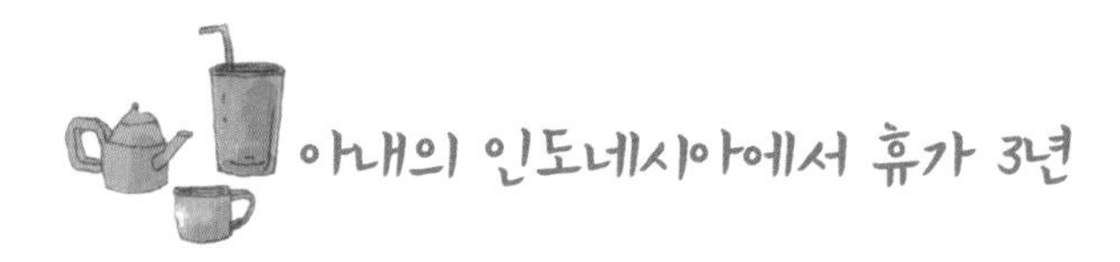

아내의 인도네시아에서 휴가 3년

싱가포르에서 귀국 후 2년이 지난 어느 날 인도네시아 자카르타 그랜드 하얏트 호텔 공사현장의 관리부장으로 근무하던 전 부장으로부터 전화가 왔다. 전 부장은 사우디 하일 현장에서 내가 신입사원이나 다름없었던 때 나의 직속 상사였기에 누구보다도 나를 잘 아는 사람이다. 그는 싱가포르지사에 먼저 나가 근무하면서 싱가포르 래플시티 현장으로 나를 불렀었다. 이번에는 인도네시아에 먼저 나가 있다가 자카르타 그랜드 하얏트 호텔 현장으로 나를 불렀다. 나는 가족동반이 안 되어 안 나가겠다고 했더니 전 부장은 조만간 가족동반이 허용될 것이니 나오라고 하였다. 나는 일단 파견근무로 나가서 일하다가 가족동반이 안 되면 귀국하는 조건으로 출국하였다. 그 당시에는 가족동반이 이루어지지 않아서 나는 결국 6개월 근무 후 귀국하였다. 소장과 전 부장이 나의 귀국을 만류하였지만 나는 아내를 또 혼자 살게 할 수 없기에 가족동반이 되면 다시 나오겠다고 하였다.

내가 귀국하여 2년쯤 지나면서 해외근무자의 가족동반이 회사 규정으로 확정되었다. 거의 같은 시점에 인도네시아 발리 인터콘티넨탈 리조트 호텔 공사의 수주가 확정되자 동 현장 소장으로 내정된 강 부장께서 나를 찾아왔다. 이미 내가 근무하는 자재부의 부장과 인사부장에게 나를 보내줄 것을 요청하였으니 발리 현장에 함께 나가자고 했다. 강 소장은 사우디 리야드 지사와 싱가포르 현장에서 함께 근무하였던 사람이었기에 서로를 잘 알았다. 2년 전에 가족동반이 되면 나간다고 했으니 나가야지.

1990년 9월 대전에 내려가서 부모님과 장인 장모님께 인사를 드리고 나는 출국을 하였다. 그리고 3개월 지나서 1990년 12월 아내와 딸 지영이가 인도네시아 자카르타에 왔다. 아내는 "후진국인 인도네시아에서 어린 딸을 어떻게 키우나?" 하는 약간의 두려움을 안고 지영이를 데리고 나왔다. 인도네시아라는 나라는 '울면서 왔다가 울면서 떠난다.'는 나라다. 처음에 올 때는 "열대지방의 더운 날씨와 풍토병의 위험 가운데 의료시설이 우리나라만큼 발달되지 못한 나라에서 어떻게 사나?" 걱정을 하면서 오지만, 와서 살다 보니 너무나 살기 좋은 곳이어서 몇 년 살고 떠날 때는 떠나고 싶지 않아서 너무 아쉬워하며 떠난다는 뜻이다. 아내의 인도네시아 생활도 그랬다.

처음에는 모든 게 어설펐다. 날씨도 평균기온이 섭씨 30도로 항상 덥다. 피부가 가무잡잡한 인도네시아 사람들과는 말도 안 통한다. 지리를 아는 것도 아니고 아는 사람이 있는 것도 아니다. 아내는 자유롭게 밖에 나갈 형편이 안 되어 집에만 있자니 답답했다. 그러나 교회의 같은 구역 식구들과 또 회사의 직원 가족들과 교류가 시작되자 모든 게 새로워지기 시작했다. 우선 가정부 두 명이 – 시골에서 올라온 가정부들은 외국인 집에는 말이 안 통하니 두 명씩 한집에 들어온다. – 음식과 빨래와 청소 등 집안일을 다 맡아서 한다. 아내는 '뇨냐(사모님)'로서 손에 물 댈 일이 없다. 기사가 운전하는 자동차를 타고 다닌다. 한국에서는 웬만한 중견기업의 회장님, 사장님의 사모님이나 누릴 수 있는 대우를 받고 산다. 국민소득이 낮아 물가가 싼 나라에서 우리나라에서 받는 급여의 약 두 배가 되는 해외 급여를 받으며 살게 되니 생활이 여유롭다. 인도네시아 사람들은 우리 한국 사람들이 엄청나게 잘사는 줄 안다. 우리 남자들에게는 "뚜안(주인님)"이라는 칭호로 부르며 굽실거린다. 인도네시아 같은 나라가 아니라면 어디 가서 이러한 대우를 받고 살아본단 말인가?

아내의 하루 일과는 대개 이렇다.

내가 아침에 일어나 씻고 출근하려고 준비하면 아내도 그제야 일어나서 씻는다. 가정부가 전날 저녁에 아내한테 지시받은 대로 아침 식사를 차려 놓는다. 아내와 나는 함께 식탁에 앉아 아침밥을 먹는다. 가정부는 과일을 깎아 후식으로 가지고 온다. 과일까지 함께 먹고 나는 출근을 하고 아내는 딸 지영을 깨워서 씻기고 아침을 먹인다. 지영과 함께 유치원(교회 부설 유치원)에 간다. 유치원에서 선생님으로 – 급여를 받지는 않는 봉사 직분 – 아이들을 가르치며 오전을 지내고 점심을 먹고 집으로 돌아온다. 오후 시간에는 같은 구역 식구들과 왕래하며 지낸다. 금요일엔 쇼핑간다고 나에게 자동차를 보내달라고 전화를 한다. 딸 지영과 일본 소고(SOGO) 쇼핑센터에 나와서 살 것들을 사고는 호텔 인도네시아 수영장에 가서 수영을 하며 논다. 나는 퇴근을 하면서 수영장으로 간다. 나도 얼른 수영장에 들어가서 한 시간쯤 수영을 한다. 우리는 샤워를 하고 나와서 외국인들과 현지 부유층 사람들이 주로 가는 괜찮은 식당이나 한국 식당에 가서 저녁을 먹는다. 우리는 그 당시 중국식 해산물 식당으로 자카르타에서 제일 크고 유명한 '늘라얀'(Nelayan; 어부라는 뜻)이라는 중국 해산물 식당에 제일 많이 갔다. 이곳은 딸 지영이가 주문한 음식이 나올 때는 안 먹고 놀다가 늦게서야 (어떤 때는 화장실에 가서 응가를 하고 와서) 먹곤 하던 기억이 생생한 곳이다. 그래서 아내와 나는 지영이가 늦게 찾을 것에 대비하여 지영이가 잘 먹는 음식을 남겨 놓는다. 그리고 지영이가 늦게 먹기 시작할 때 "야! 뒷북쟁이! 또 뒷북치는구나! 음식 따뜻하게 나올 때는 안 먹고……."라고 핀잔을 주며(?) 남겨 논 음식을 먹이곤 했다. 가끔씩 교회 식구들과 어울려 또는 회사의 직원 가족들과 만나서 함께 외식을 하기도 한다. 교회 식구들과는 '파레고(Parego)'라는 일본식 뷔페식당에, 회사 식구들과는 매리어트 호텔(Marriott Hotel) 뷔페식당에 자주 갔다.

아내는 교회 식구들과는 거의 매일 만난다. 말 그대로 성도들끼리 서로 사랑하며 천국에서와 같은 삶을 산다. 외국에 나와 있으니 무엇보다도 시어머니로부터 전화 부름이 없다. 시집식구들을 만나 긴장하거나 신경 쓸 일이 없다. 거꾸로 하루가 멀다 하고 교회 사람들과 어울려 사랑을 나누며 산다. 교회에서는 봄, 가을로 자카르타에서 자동차로 1시간 정도의 거리에 있는 뿐짝(Puncak)이라는 곳에 가서 야외예배를 드리고 체육대회를 한다. 뿐짝은 해발 3,000m가 넘는 산의 중턱에 있는 시원한 휴양지다. 그 당시 인도네시아의 정치, 경제도 안정적이었고 경기도 좋았다. 한국에서 인도네시아로 나오는 기업들도 많아 교민사회의 살림도 넉넉하여 인심도 좋았다. 교회에서 준비하는 먹거리는 아주 풍성하였고 나눠주는 선물도 거의 한집에 한 개 이상씩 돌아갈 정도로 여러 기업체에서 많이 찬조하여 쌓였다.

추석과 설날, 한국의 두 큰 명절에는 회사 직원들과 온 가족들이 뿐짝 휴양지의 큰 별장을 빌려 놀러 간다. 남자들은 몇 개 팀으로 나눠서 골프를 치고 여자들도 두 팀 정도 골프를 친다. 골프를 하지 않는 여자들은 저마다 특색 있게 짓고 가꾸어진 별장들을 둘러보며 산책을 즐긴다. 아이들은 풀장에 들어가서 물놀이를 하며 깔깔거리고 논다.

아내는 인도네시아에 휴가를 온 셈이다. 결혼 초 시어머니의 무자비한(?) 시집 교육과 철저한 통제 속에 남편 급여의 반만을 갖고 살던 시절 근 1년, 그리고 오로지 남편의 가정을 위해서 남편을 해외에 보내 놓고 그 많은 남편의 해외 급여는 구경도 못하고 월 3만 원의 용돈을 타 쓰며 외롭게 고생하던 시집살이 2년을 보상받는, 3년 동안의 일생일대의 휴가였다.

더욱 알찬 일은 내가 출국하기 전 아내가 분당 시범단지의 33평 아파트를 분양받는데 당첨된 것 아닌가? 해외 급여를 받으니 아파트 분양대금은 전혀 걱정 없이 불입되었다. 나의 월급은 인도네시아에서 우리 세 식구가 사는 데 반, 한국에 있는 통장으로 반이 들어갔다. 한국에 계신 아버지께서는 3개월마다 한국 통장에 쌓인 돈에서 중도금을 기분 좋게 갖다 내시기만 하면 되었다. 내 돈이 넘쳐 동생네 아파트 사는데 천만 원을 빌려주기까지 하였다. 큰아들이 잘 벌고 새집을 장만하면서 또 동생 집 장만하는데 돈을 빌려주기까지 하는 모양을 보는 부모님의 마음은 얼마나 뿌듯하였겠는가? 또, 아내가 인도네시아로 나오면서 서울 집을 전세 놓고 전셋돈은 사업하는 처남에게 빌려 주었다. 장인 장모님께도 든든한 딸과 사위 노릇을 하였으니 얼마나 감사한 일이던가? 이렇게 동생들을 도우면서도 아내는 인도네시아에서 휴가를 즐기고 있으니 얼마나 옹골진 일인지…….

피아노 레슨 선생님 아내와 견마지로의 딸 지영

아내는 인도네시아에서 살면서 피아노 레슨을 하였다. 같은 교회에 다니는 한인학교 음악 선생님의 권유로 아이들을 가르쳤다. 한국 아이들치고 어릴 때 피아노나 바이올린을 안 해본 사람이 어디 있을까? 한국에서 온 아이들의 엄마들은 인도네시아에 와서 살면서도 아이들 교육에의 열정은 여전하다. 아니 한국에 있는 아이들보다 뒤지면 안 되니까 더 열심이다. 한국에서 보다 남편들 급여도 훨씬 더 많겠다, 기사 딸린 자동차도 있겠다, 아이들에게 영어와 수학, 국어, 음악, 미술 등 한국에 돌아가서의 교육을 대비하여 과외를 시킨다. 그런데 각 과목별로 선생님이 많지 않다. 피아노를 가르칠 만한 선생님도 귀한지라 한국에서 새로 오는 아이들의 엄마들이 한인학교 음악 선생님에게 피아노 선생님 소개를 부탁한다. 아내는 교회에서 간간이 피아노 반주를 하였다. 6개월쯤 지났을까? 아내의 부전공이 피아노였다는 것을 알게 된 음악 선생님이 아이들 피아노 레슨을 부탁하게 되었다. 아내는 나와 상의 후 집에 피아노 한 대를 들여놓고 아이들을 레슨하게 되었다. 처음에는 2~3명의 아이들을 가르치더니 나중에는 5~6명의 아이들을 가르치게 되었다. 나는 인도네시아에서 아내의 여유 있는 생활에 지장을 받지 않도록 더 이상 아이들을 받지 말라고 하였다. 나중에 아내의 피아노 실력을 알고 부탁하는 엄마들에게 거절하기도 쉽지 않았다. 이렇게 해서 모은 돈이 700만 원이었다. 이 돈이 굴리고 굴려져서 25년이 지난 지금은 3,000만 원이라는 아내의 주머닛돈이 되었다. 나는 별도의 주머닛돈이 없는데……. 아내는 인도네시아에서 돈까지 벌고 지냈으니 얼마나 좋았던가!

당시 지영도 엄마에게서 피아노를 배웠다. 지영이가 어느 날 나에게 피아노 레슨비를 달라고 한다. 아이들이 선생님께 레슨비를 드리는 것을 보고서 자기도 매일 한 시간씩 배우니까 엄마지만 피아노 선생님이니 레슨비를 드려야겠다는 마음이 들었던가 보다. 내가 엄마니까 안 드려도 된다고 했더니 지영은 자기를 가르치는 선생님이니까 드려야 된다고 한다. 지영과 나의 대화를 듣고 있던 아내가 "아빠한테서 레슨비 타 가지고 오세요." 라고 하였다. 나는 "엄마한테서 타다가 갖다 드려라." 하니 지영이는 어떻게 해야 할지를 몰라 엉거주춤하였다. 아내와 나는 어쩔 줄 몰라 하는 지영을 쳐다보며 웃었다. 우리의 예쁜 딸 지영을 키우면서 이렇게 때때로 겪는 재미가 쏠쏠했다.

내친김에 지영이의 "견마지로(犬馬之勞)" 이야기를 해야겠다. 아내와 내가 집안에서 무슨 일인가를 하다가 밖에서 놀고 있던 지영에게 무언가를 갖다 달라고 했다. 지영이가 금방 심부름을 해 주어서 "고맙다"고 했더니

"견마지로지요."라고 하였다. 아내와 나는 지영이가 무슨 말을 했는지 잘 알아들을 수가 없어서 "뭐라고? 뭐라고 했니?" 물었더니 "견마지로"라고 했단다. 우리는 그게 무슨 말인지 잘 몰라서 "그게 뭔데?" 하였더니 "개와 말의 수고에 지나지 않는다는 뜻이에요."라고 대답하였다. "너 그거 어디서 배웠는데?" 묻자 지영은 제방으로 들어가서 고사성어 이야기 만화책을 들고 나왔다. 그리고 "견마지로(犬馬之勞)" 이야기 편을 보여 주었다. 참으로 영리한 우리 딸이다. 이야기 만화책을 읽고 기억하고 있다가 현실생활에 바로 적용을 하다니! 열 아들보다 나은 우리 딸이다.

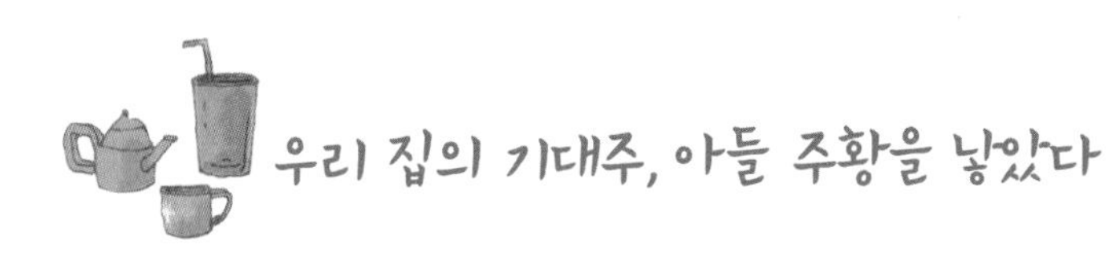

우리 집의 기대주, 아들 주황을 낳았다

1991년 여름 아버지 어머니께 인도네시아 관광을 시켜드리기 위해 서울－자카르타 왕복 비행기표를 사서 보내드리고 자카르타 우리집으로 모셨다. 아버지 어머니는 20여 일 동안 자카르타 명소는 물론이고 세계 7대 불가사의 건축물 보로부두르 사원(Borobudur Temple)과 프람바난 사원(Prambanan Temple)이 있는 족자카르타(Yogjakarta)와 세계적인 휴양지 발리를 여행하시었다. 아버지 어머니는 연일 가시는 데마다 산해진미 음식과 풍성한 열대과일로 대접을 받으셨다. "너희들 우리 이렇게 좋은 구경 시켜주고 매일 맛있는 것 대접하고 부모 호강시켜 주는 것 고맙다. 그래도 아들이든 딸이든 하나 더 낳는 게 더 효도하는 것인 줄 알아라." 귀국하시면서 하신 어머니 말씀에 따라 아내와 나는 아이를 하나 더 낳기로 하였다.

그다음 해 1992년 여름에는 장인 장모님을 모셨다. 아내의 해산 3주 전에 오셔서 자카르타와 근교, 족자카르타 그리고 발리까지 다 구경하시었다. 관광을 마치고 아내는 장모님의 보호를 받으며 자카르타 분다 병원의 특급호텔방 같은 특실에 입원을 했다. 아이를 낳을 때 나도 가운을 입고 의사, 간호사와 함께 아이의 순산을 도왔다. 아내는 '우리 가문의 기대주, 아들 주황'을 낳았다. 나는 다음 날 아침 일찍 아버지 어머니께 전화를 드려서 아들을 낳았다는 소식을 전해드렸다. 그리고 주황의 고추 달린 모습을 사진 찍어서 우편으로 아버지 어머니께 보내드렸다. (당시에는 아직 인터넷이 있는 세상이 아니었다.) 임 씨 가문의 기대주 아들 주황도 낳고 친정어머니의 산바라지를 받으며 아내는 편안하게 몸조리를 하였다. 퇴원하기 전 나는 병원에서 소개받은 베이비시터(Baby-sitter) 알선업체를 방문하여 아내와 내가 원하는 대로 나이 좀 들어 경험 있는 엔당을 면접하고 데려왔다. 그리고 엔당과 아기침대도 사고 아기 돌보는 데 필요한 물품들도 구입하였다.

아내와 주황을 병원에서 집으로 데려온 날 밤이 깊어 잠을 자려는데 엔당이 우리 방문을 노크하며 아기를 달라고 하였다. 아니? 어떻게 아기를 남(?)에게 맡긴단 말인가? 낮에 돌보는 것은 엔당의 일이지만 밤에 잘 때는 우리가 데리고 자야 되는 것 아닌가? 조금 있다가 다시 오라고 하고서 아내와 나는 심각한 의견 교환을 했다. 엔당을 데려온 이유가 무엇인가? 엔당은 아내 대신 아기를 돌보는 보모가 아닌가? 인도네시아에서 마님이 된 아내가 보모에게 아기를 돌보게 하는 것은 당연한 일 아닌가? 밤에 아기가 일어나 울 때 돌보는 일이 보모의 몫이고 편히 주무시는 게 마님이 누리는 특권 아닌가? 결국 아내와 나는 주황을 엔당에게 맡기는 어려운(?) 결단을 내렸다.

집으로 와서는 친정어머니께서 아내의 개인 의사가 되셔서 처방을 내리시고 엔당과 가정부 두 명은 궁중의 시녀(?)가 되어 아내를 돌본다. 아내는 그렇게 왕비(?)같이 한 달 동안 산후조리를 하였다. 한 달 후 아내가 외출을 하는데 아기를 낳은 사람이 혼자 다니니 처음에는 어색했다. 한국에서 아기 엄마는 당연히 아기를 달고 살아야 되는데 혼자 다니다니! 이렇게 우리 가문을 빛내게 될 아들 주황은 인도네시아에서 태어났고 근 1년 반을 인도네시아에서 자랐다.

1993년 여름 인도네시아 생활 3년 차에 치른 주황의 돌잔치에는 큰 동서네가 와서 참석했다. 주황의 돌잔치는 교회 목사님과 우리 부부가 봉사하는 성가대의 대원들, 아내가 봉사하는 유치부의 선생님들을 초대하여 한국식당을 빌려서 차렸다. 몇 가지 떡과 과일은 별도로 준비를 하였다. 동서네와 우리 가족은 목사님과 교회 어른들과 한 식탁에 점잖게 앉아 있어야 했다. 각 가정에서 잘하는 음식 한두 가지씩 해 가지고 와서 주황의 백일상을 차려준 우리 뜨붓 구역 식구들이 돌잔치에도 마치 우리의 형제자매처럼 한복으로 차려입고 잔칫집에 오시는 손님들을 맞이하고 자리를 안내했다. 해외에서 외롭게 지내는 줄 알았는데 아내의 언니와 형부도 한국에서 오고 이렇게 구역 식구들에게서 사랑을 받고 재미있게 지내다니! 참으로 감사한 일이다.

동서네도 첫해에 오신 아버지 어머니와 둘째 해에 오신 장인 장모님과 같은 코스로 여행을 하였다. 자카르타와 근교는 아내와 지영이가 안내를 하였고 족자카르타와 발리는 내가 안내를 하였다.

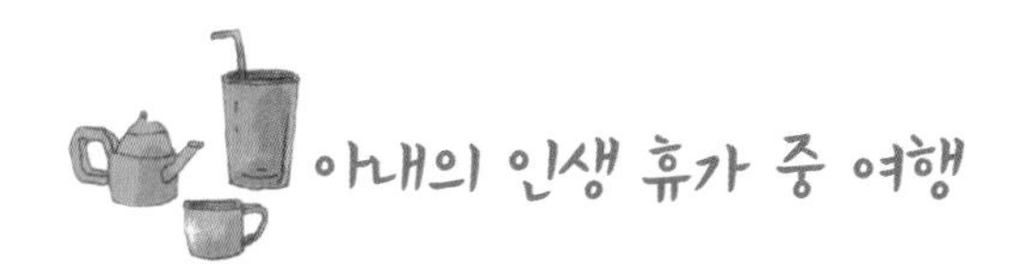

주황이 태어난 지 6개월쯤 되었을까? 우리는 싱가포르로 2박 3일 여행을 다녀왔다. 첫날 우리는 센토사에 갔다. 모노레일 기차를 타고 센토사 섬을 한 바퀴 돌며 여기저기 내려서 구경을 하였다. 미니 동물원에 내리니 딸 지영이가 사람들과 친숙한 닭이며 가축들과 어울려 논다. 지영이가 닭을 쫓고 가축들을 건드리며 놀자 주황이도 엄마 품에서 워워 소리를 내며 손짓을 한다. 언더워터 월드(Underwater World)에 내려서 수족관에 들어갔다. 무빙워크를 타니 바닷속에 들어온 듯하다. 머리 위에서 또 옆에서 노는 각양각색의 바다 고기들을 바라보았다. 빨강, 노랑, 파랑 및 초록 등 선명한 빛깔이 나는 예쁘고 깜찍한 각종 모양의 고기들을 모아 놓은 수족관들을 돌아보았다. 지영이는 주황이를 안고 수족관을 배경으로 하여 사진을 찍었다. 우리 딸과 아들의 사진이 너무나 깜찍하고 예쁘게 나왔다. 이렇게 하루를 잘 놀고 저녁엔 싱가포르에 근무하는 선배네 집에서 한국 음식으로 잘 먹고 호텔로 들어왔다.

53층 높은 호텔 방에서 싱가포르의 야경을 감상하고 자려는데 주황이가 잠투정을 한다. 계속 보채며 운다. 잠시 잠이 드는가 싶더니 또 울어댄다. 새벽까지 아내는 잠도 못 자고 주황이와 실랑이를 한다. 나는 지영이와 한쪽 침대에서 잠이 들었지만 간간이 우는 주황이와 힘들어하는 아내를 본다. 주황이는 잠자리가 바뀌어서 그런지 밤새 칭얼대다 잠들다 하다가 아침 늦게야 한숨 자는 듯했다.

둘째 날 우리는 오전 늦게 일어나서 주롱 새 공원으로 갔다. 역시 모노레일을 타고 먼저 한 바퀴 돌았다. 떼 지어 놀고 있는 홍학들을 감상하며 돌아보았다. 하늘 높이 망을 쳐 놓은 넓은 새장 안에 들어가서 온갖 새들을 관찰하였다. 새 쇼를 관람하러 갔다. 쇼맨의 부름에 우리 관람객들의 머리 위로 휙휙 날아다니는 새들을 보며 환성을 지른다. 무대 위에서 자전거를 타는 새의 묘기도 보고 박수를 친다. 어느새 주황은 내 품에서 잠이 들었다. 잠든 주황을 안고 새 공원에서 나와 2층 버스를 탔다. 주황이가 잠이 들어 아내는 아래층에서 주황이를 재우고 지영과 나는 2층으로 올라와 맨 앞자리에 앉아 싱가포르 시내를 관광하며 호텔로 돌아왔다. 호텔에 와서 잠시 쉬고서 근처 식당에 가서 저녁을 먹었다. 저녁을 먹고 싱가포르 백화점들을 둘러보다가 특별히 살 것이 있는 것도 아닌지라 호텔로 들어왔다. 싱가포르 TV를 보며 놀다가 잠자리에 들었다.

그런데 이게 웬일인가? 주황이 또 잠투정을 한다. 전에 잠투정하는 것을 본 적도 없고 엔당에게서 주황이 잠투정한다는 이야기를 들어본 적도 없는데……. 아내가 주황과 실랑이를 하며 힘들어하니 내가 안고 얼러본다. 그렇지만 주황은 몸부림을 치며 싫단다. 지영이가 나선다. 지영이가 주황이를 재우려고 하자 잠시 누나를 쳐다보더니 또 울어댄다. 결국 주황은 아내의 몫이 되지만 엄마 품에서도 여전히 보채며 잠투정을 한다. 결국 이튿날 밤도 주황의 잠투정으로 주황이도 아내도 제대로 잠을 못 잤다. 새벽에 주황이도 지치고 아내도 지쳐서 둘 다 피곤에 떨어져 잠시 잠을 잤다. 낮에는 잘 놀고 어디 아픈 데도 없는데 너무 잘 놀아서 피곤해서 그런가 생각했다.

그런데 다음 날 싱가포르 여행을 마치고 인도네시아로 돌아와서 그 이유를 알게 되었다. 자카르타 집에 들어오자 엔당이 주황을 반갑게 맞이한다. 주황도 엔당에게 얼른 안긴다. 그날 저녁 주황은 언제 잠투정을 했냐 싶게 엔당 품에서 잘도 잠이 들었다. 주황은 낮에는 누나와 아내와 잘 놀지만 저녁에 잘 때는 엔당이 옆에 있어야 자는 것이다. 싱가포르에서는 저녁에 엔당이 없으니 – 엔당 엄마(?)가 없으니 – 잠을 잘 수가 없었던 것이다. 잠투정은 엔당를 찾는 것이었다. 어린 주황은 엔당을 엄마로 생각하고 아내는 낮에 자기를 예뻐해 주는 사람 정도로 생각하고 있었나 보다.

주황이가 아장아장 걷기 시작한 때 우리는 자카르타에서 자동차로 1시간쯤 거리에 있는 뿐짝 별장을 2박 3일 동안 빌려 놀러 갔다. 싱가포르에서와 같이 잠을 못 자는 사태가 없어야 하겠기에 주황의 보모 엔당과 가정부 시우스를 데리고 같이 갔다. 더운 자카르타를 빠져나와 시원한 휴양지 뿐짝 별장에 오니 너무 좋았다. 주황이의 짐과 준비해온 과일, 먹을 것들은 엔당과 시우스가 들여놓는다. 아내와 나는 지영이와 함께 주황이를 데리고 논다. 그네를 태워주기도 하고 지영이와 시소를 타게 하기도 한다. 별장에는 개 한 마리가 있었는데 그 녀석도 우리를 따라다니며 논다. 오랜만에 야외에서 놀다 피곤해진 주황이가 연신 하품을 해대니 엔당이 와서 데리고 들어가 재운다. 별장에는 지영이와 비슷한 나이 또래의 별장지기의 딸이 있었다. 우리 식구들끼리 놀 때는 별장지기의 딸이 멀리서 바라보기만 했는데 주황이가 들어가자 지영이와 말을 주고받더니 둘이서 어울린다.

아내와 나는 별장 앞 넓은 들판을 산책하기로 했다. 회사 식구들과 설날과 추석 때 놀러 온 별장의 분위기와는 사뭇 다른 분위기의 별장이었다. 회사에서 빌린 별장은 별장들이 모여 있는 마을에 위치한 큰 별장이었는데 이번에 빌린 별장은 산으로 올라가는 언덕을 따라 중간중간 지어져 있는 별장 중의 하나였다. 도로를 뒤로 하고 앞이 탁 트인 장소에 위치해 있다. 녹음이 짙은 계곡의 들판에서 챙이 넓은 모자(베트남 전쟁 뉴스 때 보았던 베트남 여자들이 쓴 모자)를 쓴 여자들이 농사일을 하고 있는 전원의 모습이 너무 아름다웠다. 우리는 계곡의 논두렁 밭두렁을 걸어 다니며 자연을 만끽하였다. 너무 좋다! 이국의 아름다운 풍경 가운데 들어온 우리 두 사람은 이방인이다. 이곳은 4세기경 도연명의 도화원기에 나오는 중국 평화경, 무릉도원의 풍경이었고 우리 두 사람은 그 이상향의 마을에 들어간 속세 사람이었다.

저녁을 먹고서 아내와 나는 아이들이 잠든 후 테라스에 앉았다. 짙은 어둠 속에서도 우리가 낮에 놀다 온 전원의 풍경을 그리며 앞의 계곡과 들판을 바라보고 있었다. 아름다운 자연을 주신 창조주 하나님을 찬양하는 노래가 저절로 나왔다.

비가 내린다. 우리 두 사람으로 하여금 마음껏 소리를 높여 노래하도록 비가 강하게 쏟아진다. 때로는 약하게 내려 우리 마음속에 간직하여 둔 서로를 향한 사랑의 노래를 잔잔하게 부르게도 한다. 깊은 밤 별장 테라스에 앉아 빗소리를 반주삼아 자연과 감사와 사랑의 노래를 연신 부르는 우리 두 사람. 어느새 우리는 무릉도원 어느 언덕 위의 한 집에 들어가 앉아 있다. 깊은 밤 어둠 속에서 아무것도 보이지 않는 게 아니다. 우리는 낮에 다녀온 이상향의 세계에 밤에 다시 들어와서 아름다운 전원 풍경을 바라보며 노래하고 있다. 문득 이상향의 세계에서도 현세의 삶 속에서도 나의 동반자, 나의 친구가 되는 내 연인 내 아내를 바라본다. 나는 내 아내가 너무 좋다.

어느새 우리는 무릉도원 어느 언덕 위의 한 집에 들어가 앉아 있다.

문득 이상향의 세계에서도 현세의 삶 속에서도 나의 동반자, 나의 친구가 되는 내 연인 내 아내를 바라본다. 나는 내 아내가 너무 좋다.

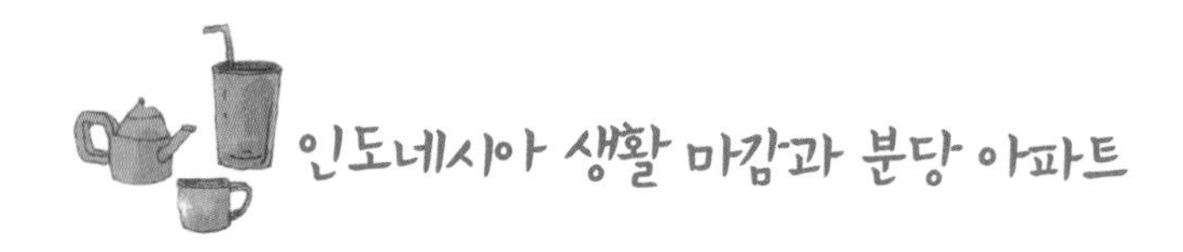

인도네시아 생활 마감과 분당 아파트

1993년 12월 나의 해외근무가 끝나고 본사로 들어오면서 아내의 꿈같은 3년 휴가도 마쳐야 했다. 우리는 인도네시아에서의 살림을 정리하고 짐을 싸서 한국으로 보냈다. 그리고 현장에서의 업무 마감과 잔여 업무의 인계를 위해서 발리로 갔다. 발리에서 4박 5일의 일정으로 나는 현장사무실에 나가서 일을 하고 아내와 아이들은 관광지 이곳저곳을 구경하며 놀았다. 발리에서 일정을 마치고 귀국 길에 우리는 태국 방콕과 파타야 그리고 홍콩을 여행하고 들어왔다.

1993년 12월 말 김포공항에 도착하니 우리 5남매 중 맨 먼저 자가용차를 산 둘째가 아버지 어머니를 모시고 대전에서 올라와 마중 나와 있었다. 3년 만에 귀국하는 큰아들 큰며느리와 손주들을 조금이라도 더 일찍 보고 싶어 하시는 부모님의 마음을 읽는다. 3년 전 분양받아 놓고 인도네시아 근무를 하면서 대금을 다 내고 이미 여동생이 결혼하고서 신혼살림 집으로 잠시(6개월) 살다가 비워둔 분당 시범단지 우리의 새 아파트로 들어갔다.

참으로 하나님의 은혜다. 인도네시아에서 잘 살다가 이곳저곳 여행도 하고 들어오니 33평 아파트 한 채를 준비해 주시니 얼마나 감사한 일인지……. 결혼하고서 1년도 안 되어서 나는 외로운 해외근무를 자청하여 나가고 아내는 남편 없이 힘든 시집살이를 하며 부모님과 동생들이 살 조용한 주택가의 2층 집을 먼저 사드렸더니 하나님께서는 우리에게 이렇게 계획도시 분당의 제일 좋은 위치에 아파트 한 채를 주신 것이다.

V. 은퇴

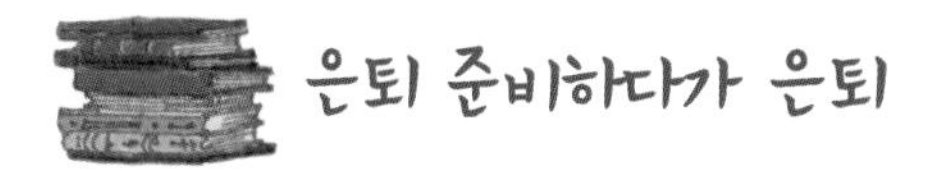

은퇴 준비하다가 은퇴

2003년 봄 나는 S건설에서 인정받으며 외주구매부장으로 근무하던 중 영국 회사 임원으로 자리를 옮겼다. 그런데 나와 같이 일하던 영국인들 중 몇 사람은 한국 사람에 대하여 우월감을 갖고 있어 언행이 오만하였다. 나는 외국회사로 스카우트되었다는 우쭐한 마음에 겸손한 자세를 견지하지 못하고 건방진 영국인들과 다투고 채 2년도 근무하지 못하고 그 회사를 나오고 말았다. '교만은 패망의 선봉'이라는 말이 정말 맞는 말이다. 그 후 지방에서 건설업을 하는 친척의 회사 서울사무소를 차리고 공사 수주업무를 하였다. S건설의 지사장으로 3년 반 동안 영업을 해본 경험이 있었던지라 다행히 1년에 한 두건의 공사를 수주하여 그런대로 회사에 기여도 하고 내 월급 값은 하며 잘 지내고 있었다.

2008년 가을 H건설 해외사업본부장으로 근무하는 조 전무로부터 연락이 왔다. 리비아에 세 건의 큰 공사(공사금액 약 1조 7천억 원)를 수주하였는데 해외 현지에 나가서 자재 및 장비 구매업무를 맡아달라는 제의였다. 조 전무는 S건설의 싱가포르 현장에서 함께 근무했던 사람이다. 싱가포르 근무 시 업무적으로는 나와 다투기도 했었지만 그는 내가 맡은 업무를 어떻게 해 나가는지 옆에서 본 사람이었다. 무엇보다도 내가 구매업무를 25년 이상 해 왔음에도 일체의 사욕 없이 깨끗하게 일해 왔던 점에 주목하였던 것이다. S건설 본사에서 그가 임원이 되고 내가 외주구매부장이 되었을 때 내가 납품업체와 하도급업체들로부터 접대를 받지 않으려고 골프를 끊었다는 사실을 그는 알고 있었다. 또 나중에 들은 이야기로 내가 대기업인 S건설 외주구매부장까지 지냈는데 여전히 33평 아파트에 산다는 것을 알고 나의 청렴함에 놀랐다고 한다. 어느 회사든지 구매부장이나 구매담당 임원은 신입사원부터 20~30년 동안 그 회사에서 일 잘하고 사리사욕 없고 깨끗함이 확인된 사람에게 맡긴다. 잘 모르는 외부 인사를 영입하여 구매업무를 맡기는 회사는 거의 없다. 그럼에도 그는 나의 능력과 깨끗함을 인정하였기에 자신 있게 나를 H건설 사장과 H그룹 회장에게 적극 천거하였고 승인을 받았다고 한다. 그때 나는 중소기업의 서울사무소에서 급여는 많지 않아도 편하게 근무하며 잘 지내고 있었다. 회사를 옮겨야 할 이유는 없었다. 그런데 '은퇴 후를 생각하면 돈을 벌어 노후자금을 모아야 하지 않겠나?'는 생각이 들었다. 나는 아내와 상의를 하였다. 중견 H그룹의 H건설에서 임원으로 오라는데 얼마나 좋은 기회냐? 해외 나가서 몇 년 떨어져 지내더라도 노후를 위하여 돈을 좀 더 벌어놓아야 하지 않겠냐? 노후의 안정된 생활을 위해서는 국민연금으로만은 안된다. 개인연금을 좀 많이 넣어야 한다는데 아내와 나는 의견 일치를 보았다. 어머니가 돌아가시기 전 동남아 필리핀과 말레이시아에 좋은 자리가 나왔었지만 어머니의 만류로 못 나갔었다. 내가 해외 나가겠다고 말씀드릴 때마다 어머니는 "해외 나가지 마라. 너 있는 것 갖고 흡뻑 먹고 산다. 나는 내 아들이 더운 나라 가서 고생하고 며느리 좋은 차 타고 다니며 호강하는 것 싫다. 넋 빠진 짓 하지 마라. 인생 금방이다." 이렇게 말씀하셨다. 그 어머니는 지금 돌아가셔서 안 계신다. 아버지께 해외 나갈 의향을 말씀드렸더니 아버지는 무척 좋아하셨다. 아버지에 대한 염려는 하지 말고 나가서 아직 젊을 때 더 벌 수 있으면 벌어야 한다고 말씀하셨다. 어머니의 간암 투병을 위하여 2006년 9월에 아버지 어머니는 분당 우리 집 옆으로 이사 오셨다. 2007년 3월 어머니가 돌아가시 후로도 아버지는 이사 오신 우리 아파트 옆 동에서 막내 동생과 함께 계속 사셨다. 아버지는 6개월 연장하여 겨울을 우리 집 옆에서 지내고 2년 6개월 전세계약이 끝나는 2009년 3월 대전으로 이사 가시기로 마음을 정하고 계셨었다. 아버지는 대전에 둘째 동생네도 있고 아버지 친구들도 있으니 더 나을 것이라고 생각하고 계셨다. 동생들도 아내와 내가 분당에서 잘 모신다고 하지만 놀 친구들 없이 혼자 지내는 것보다 친구들과 어울릴 수 있는 대전에서 사시는 게 더 좋겠다고 생각했다.

돌이켜보면 어머니께서 2004년 9월 간암 3기의 진단을 받고 2007년 3월 돌아가시기까지 2년 6개월, 그리고 어머니께서 돌아가시고 나서 2009년 3월 아버지께서 대전으로 내려가시기까지 분당의 같은 아파트 단지 옆 동에 사시던 2년, 합쳐서 4년 6개월 동안 하나님께서는 나를 중소기업의 서울사무실에 근무하게 하셨다. 대기업이나 외국인 회사에서 임원으로 근무하면서는 가족을 위하여 또 부모님을 위하여 개인적으로 시간을 내기가 어렵다. 개인 일보다는 회사의 일이 우선이다. 급여는 많아도 아프신 어머니와 홀로 계신 아버지를 모시는데 시간을 낼 수가 없다. 지방 중소기업의 서울사무실에서는 낮의 근무시간도 저녁시간도 내가 계획한 대로 했다. 그러니 월급은 적지만 암과 투병하시며 약해져 가시는 어머니와 홀로 된 아버지를 시간을 들여 잘 모실 수 있었다. 물질보다도 시간을 들여 사랑을 해야 할 때가 이때였나 보다.

2009년 3월 초 나는 H건설에 입사를 하였고 3월 말 아버지께서는 대전으로 이사를 하시었다. 3개월 후 6월 초 나는 리비아로 나갔으니 얼마나 놀라운 인도하심인가?! 하나님께서는 나의 인생 여정에 리비아에서의 삶을 포함시켜 두었던 것이다.

리비아는 우리나라와는 문화가 완전히 다른 이슬람 사회이다. 사막기후로 여름 건기 철 낮에는 섭씨 40도를 오르내리며 무척 뜨겁다. 마땅한 오락거리라고 할 만한 게 없다. 이슬람 사회에서는 금요일이 휴일이다. 대부분의 건설회사가 그렇듯이 금요일마다 다 쉬는 것은 아니다. 일이 몰려 바쁘게 되면 휴일인 금요일에도 격주로 일을 한다. 어쨌거나 쉬는 금요일 전 날 목요일 저녁에 젊은 직원들은 풋살이라는 축구를 하러 갔다. 풋살이란 20M×40M 크기의 운동장(?)에 높은 철망으로 울타리를 세우고 양쪽에 작은 골문을 만들어 놓고 그 안에서 축구를 하는 것이다. 더운 기후에 정규 규격의 넓은 축구장을 뛰어다니며 공을 차면 너무 더워서 10~20분만 뛰면 지쳐 떨어지기 때문이다. 나이 50대에 들어선 우리들은 몸조심하느라 가지도 않지만 혹 가도 젊은 직원들이 끼워 주지도 않는

다. 여름 건기 철 금요일 휴일에는 바닷가에 나가서 수영도 하고 낚시나 그물로 고기를 잡기도 한다.(겨울 우기 철에는 바닷물도 차가워서 들어가지 못한다.) 저녁 시간에 많은 직원들은 컴퓨터로 영화나 미국 드라마를 본다. 이게 공통적인 오락(?)이다. 이게 일 말고 할 수 있는 전부다. 나는 쉬는 금요일 오전에는 교회에 다녀오고 오후에는 방에서나 사무실에서 책을 읽고 쉬거나 밀린 잠을 자기도 한다. 해 질 무렵엔 근처 해수욕장에 나가서 백사장을 빠른 걸음으로 걷는 운동을 한다. 낮에는 햇볕이 뜨거워 운동은 고사하고 밖에 나가지도 못한다. 저녁에는 아내에게 편지를 쓰기도 하고 이 글을 썼다.

리비아는 동아건설이 리비아 정부의 역사적 숙원 사업인 사하라 사막의 대수로 공사(The Great Man-Made River)를 1983년 11월 당시 단일 규모로는 세계 최고 금액 32억 불에 따내면서 우리나라에 크게 알려졌다. 리비아 사람들은 그들 나라의 생명줄인 상수도 대수로 공사를 우리나라 건설업체가 맡자 한국의 기술산업을 세계 최고 수준으로 인식하였다. 그 당시 동아건설의 주식값은 천정부지로 올랐다. 동아건설뿐만 아니라 현대건설과 대우건설 등 한국 건설회사들이 발전소, 병원, 학교 등 리비아의 주요 공사들을 싹쓸이하다시피 수주를 하였다. 우리나라 업체의 건설기술이 최고로 인정받자 자동차와 전기, 화학 분야에서도 우리나라 기술이 최고 수준으로 여겨져 관련 제품들이 대거 수출되고 있었다. 리비아 도로에 운행되는 자동차의 45%, 거의 절반이 우리나라 자동차이니 얼마나 놀라운 일인가? 지리적으로 가까운 유럽과 일본, 미국 차를 다 합친 숫자만큼이 우리나라 자동차라니 참으로 놀라운 일 아닌가? 세계 어느

나라에 가서 외산 차 대비 이렇게 많은 우리나라 자동차를 볼 수 있단 말인가? 정말로 동아건설의 역할이 크고도 컸다. 지금도 리비아 대수로청에 근무하는 옛 동아건설의 기술자들은 말한다. '우리나라 경제발전에 지대한 영향을 끼친 기업이 정치적 희생물이 되어 사라졌으니 참으로 가슴 아프다', '그 비싼 주식이 휴지가 되었으니 어마어마한 국부가 없어져 버린 것'이라고.

나는 구매 전문가답게 회사의 원가절감에 최선을 다하였다. 건설공사의 기초자재인 철근과 시멘트를 아주 경쟁력 있는 가격, 리비아에서 공사를 하는 어느 회사보다도 – 한국 회사뿐 아니라 터키, 중국 회사 등과도 비교하여서도 – 경쟁력 있는 가격에 구매하였다. 철근과 시멘트는 리비아 정부에서 인가한 공기업 한 곳에서 독점 공급하였다. 그러다 보니 국제시장 가격 변동에 크게 신경을 쓰지 않아 국제 시세에 적절하게 대응하지 못하였다. 리비아산 제품의 가격은 국제시장 가격이 높을 때는 저가였지만 국제시장 가격이 하락하는 때는 오히려 국제시세보다 높은 가격이 되었다. 이런 현상을 파악한 나는 리비아 국내산 구입과 터키산 수입을 병행하여 최저가 구매를 유지하여 회사 원가절감에 크게 기여하였다. 본사의 사장과 해외부문 임원이 그들을 찾아와 영업하는 지인들의 업체를 추천하기도 하였다. 나는 윗분들이 소개한 업체로부터 견적은 받았어도 최저가를 제출하지 않는 경우에는 추호의 흔들림도 없이 최저가 업체로부터 구매를 하였다. 윗사람에게 잘 보이기보다는 회사의 이익에 최우선을 두고 일하였다.

2010년 12월 튀니지에서 청과물 노점상을 하던 청년이 경찰의 단속에

항의하며 분신자살을 한 사건이 있었다. 이 사건으로 튀니지에서 정부를 규탄하는 시위가 일어났다. 이 사건을 시작으로 다른 아랍 여러 나라에서도 독재정권에 반대하는 반정부 시위가 일어났다. 리비아에서도 2011년 2월 반정부 시위가 시작되었다. 3월이 되면서 당시 리비아 지도자 가다피 지지세력과 반 가다피 세력 간에 전쟁이 격해지자 우리는 리비아를 철수하지 않을 수 없었다. 리비아에서 근무하던 H건설 전 직원이 2011년 3월 8일 귀국하였다. 나는 H건설에 입사해서 2년 2개월, 리비아에 나가서 근 2년을 근무하였다. H건설의 해외공사 특히 리비아 공사를 위하여 입사한 나는 4월 말 퇴사하였다.

2011년 3월 H건설 리비아 공사현장에서 귀국, 4월 말 퇴사 후 6개월 가까이 놀면서 수많은 회사의 경력직 채용공고를 보고 이력서를 넣었다. '50 넘은 나이에 이력서 쓰는 사람은 팔불출'이라는 말이 회자되고 있었지만 개의치 않았다. 친구들이나 주위 사람들이 속으로 비웃을지라도 신경 쓰지 않았다.

2011년 10월 '지성이면 감천'이라는 말이 있듯이 정말 요행히 나는 E그룹의 E건설에 입사하였다. E건설에서 구매본부장으로 최저가 자재 쏘싱(Sourcing) 업무를 맡아 1년 4개월 동안 근무하였다. 중국 광저우에 구매사무실을 설치하고 직원들을 파견하였다. 중국뿐만 아니라 동남아 여러 나라에도 출장 다니며 열심히 일하였다. 그러나 2012년 12월 말 그룹의 조직이 바뀌면서 나는 퇴직할 수밖에 없었다. 2013년 1월 말 퇴직하였다.

2013년 2월 사우디에 플랜트 공사를 수주하여 해외공사에 처음 진출하는 지방 건설회사 J건설의 구매 및 관리담당 임원 자리를 찾았다. 개인연금보험도 1년 남짓 더 넣어야 하고 노후 여유자금도 좀 모을 수 있으면 좋겠다는 생각으로 사우디로 나가 근무하기로 했다. '그래, 공사기간도 1년이니 해보는 거다! 30여 년 전 근 3년 동안 사우디 사막 모래바람 속에서 생활했던 나 아닌가? 10년이면 강산이 변한다니 사우디도 많이 바뀌었을 거다. 1993년 말 내가 입주하여 살던 분당이라는 살기 좋은 도시는 25년 전 1기 신도시로 허허벌판 논과 밭, 야산 위에 만들어지지 않았던가? 2012년 말 아버님을 모실 방 한 칸 늘려 이사 와서 지금 살고 있는 광교라는 2기 신도시도 10년 전에는 없던 도시 아니던가? 30년 전의 사우디에 비하면 지금의 사우디는 무척 많이 변했을 거다. 내가 20대 총각 때 근무하던 시절의 사우디가 아닐 것이다. 이제는 살만 할 거다.' 이렇게 긍정적으로 좋게 생각하며 사우디로 출국하였다.

제다 공항에 내려 입국장으로 들어서자마자 사우디는 전혀 변하지 않았음을 직감했다. 사막의 문화는 나무가 심긴 숲이나 산, 농작물이 자라나는 논밭으로 변하지 않는 한 변할 수 없다는 사실을 바로 알아차렸다. 사우디 근무를 시작하자마자 잘못 왔다는 생각이 밀려왔다. 바로 귀국하고 싶었다. 그러나 군대 가있는 아들이 내 머리 속에 떠올랐다. 군대라는 울타리에 갇혀 군 생활을 몹시도 힘들어하던 아들! 아들이 제대하기 전에 내가 먼저 귀국해서는 안 된다고 마음먹었다. 아들을 생각하며 사우디의 어려운 생활을 참고 참으며 견디었다. 아들이 탈영을 할 수 없듯이 아빠인 나도 중도 귀국해서는 안 된다고 하루에도 몇 번을 다짐하며 버텼다. 아들이 21개월 군 복무를 무사히 마치고 5월에 제대하였다. 나도 사우디 4개월 근무를 마치고 6월 첫 휴가 때 귀국하였다.

귀국을 결심하던 때 나는 대기업 건설사의 중동지역이 아닌 해외현장, 사람이 살만한 지역에 계약직 자리를 찾아볼 생각이었다. 내 나이가 50 중반이 지났지만 S건설 해외현장에서 함께 근무하던 후배들이 여기저기 큰 건설회사의 임원으로 있었기에 그들을 통하여 자리를 만들어 볼 심산이었다. 그런데 후배들이 본부장이나 임원들이었기에 그들의 아래에 있는 소장들이 한결같이 "본부장님(또는 상무님)의 선배님을 제가 어떻게 모시고 일을 합니까?"라는 반응이었다. 나이가 죄였다. 중동이고 어디고 지역이 문제가 아니었다. 해외뿐 아니라 국내에서도 내가 가서 일할 자리는 전혀 찾아볼 수 없었다. 정말 100여 군데 이상 이력서를 보냈지만 답이 오는 데는 한 곳도 없었다. 일을 하고 싶어도 정말 갈 데가 없었다. 50 중반을 훌쩍 넘었으니 더 이상 관리자로서 내 경력에 맞는 일자리를 찾을 수 없었다. 이 회사 저 회사에 이력서를 보내는 나를 보고서 딸과 아들은 "아빠 나이의 사람을 누가 뽑아 주겠어요? 이제는 쉬세요." 하면서 나를 위로하곤 하였다. 일자리를 잡지 못하니 나는 싫어도 은퇴를 한 것이었다.

대전 가양동 집을 팔았다

아내와 나의 눈물과 땀 그리고 아내도 나도 죽기 일보 직전까지 가면서 살던 대전 가양동 집은 1997년 말 IMF 외환위기를 겪으면서 팔았다. 그 당시 우리나라 경제상황이 갑자기 어려움에 빠지자 아버지 어머니의 장사가 안 되고 수입이 절벽이 되었다. 살림이 급격히 어려워지자 버티다 못해 아버지 어머니는 결국 그 집을 팔았다. "나중에 이 집이 너의 것 되지 누구 것 되겠느냐?"라고 말씀하셨던 어머니도 IMF 외환위기 앞에서는 어쩔 도리가 없었다. 그 집은 부모님이 17년, 동생들이 결혼하고서 각자 집들을 장만해서 나갈 때까지 모두 잘 산 집이었다. 나의 25개월 해외 급여와 2년 동안의 보너스가 몽땅 고스란히 들어간 집이었다. 내가 기억하기로는 1984년 봄에 3,200만 원에 사서 2001년 여름에 8,700만 원에 팔았다. 그 집을 팔고 아버지 어머니는 나에게 3,000만 원을 주셨다. 아버지와 어머니가 5,700만 원을 갖고 IMF 외환위기 때 진 빚을 갚고 나머지는 노후 생활비로 사용하였다. 내가 받은 돈 3,000만 원에서 1,200만 원은 그 집 팔고 부모님이 이사 들어갈 성남동 6차선 대로변 2층집 수리해 드리는데 들어갔다. 그리고 800만 원은 부모님 차 사드리는데 들어갔다. 겨우 1,000만 원만이 우리 수중에 들어왔다.

내가 그 집 사러 싱가포르로 나가면서 아내에게 "젊어서 고생은 사서도 한다는데 나 2년만 더 해외 나갔다 올게. 2년만 떨어져 살며 고생하자. 그러면 집 한 채 살 수 있어. 당장은 아버지 어머니와 동생들이 살겠지만 나중에 그 집이 누구 것이겠어? 결국 우리 것이잖아."라고 했던 말은 사기가 되고 말았다. 싱가포르의 같은 현장에 근무하던 김 대리는 싱가포르로 나오면서 아내는 친정으로 보내서 편히 살게 하고 같은 금액의 돈으로 여의도에 아파트를 사서 지금은 10억이 되었는데.

금산 땅을 팔았다

10여 년 전 어머니가 간암으로 투병하던 때 병원비 마련을 위하여 금산에 사둔 땅, 내 이름으로 되어 있는 땅과 어머니 이름으로 되어 있는 땅, 둘 다 팔려고 내어 놓았다. 어느 땅이든지 먼저 팔리는 땅을 팔아야 했기 때문이었다. 밭이 한 필지로 넓어 사용용도가 좋은 어머니 이름으로 되어 있는 땅이 팔렸다. 그 당시 세법에 따라서 아버지 어머니가 금산에서 농사를 지었기 때문인지 세금은 거의 내지 않았다. 그돈은 어머니 살아계실 때 병원비와 생활비로 쓰셨다. 나머지는 어머니가 돌아가시고는 아버지가 관리하시며 쓰셨다.

2015년 말 내 이름으로 되어 있는 땅을 어렵게 팔았다. 농지와 임야는 사려는 사람이 있을 때나 팔린다. 덩치가 큰 물건은 더욱이 아무리 팔고 싶어도 살 사람이 없으면 팔 수 없다. 서울에 있는 아파트처럼 가격을 좀 싸게 내놓는다고 팔리는 게 아니다. 현지에 있는 선배 어른에게 적극 원

매자를 물색토록 하여 원하는 만큼이야 받지 못하였지만 그런대로 적당한 금액에 팔았다. 10년 전 어머니 이름으로 되어 있던 땅을 팔았을 때는 세금을 거의 내지 않았다. 그런데 이번에는 요즘 세법에 따라 매매금액의 25%가 넘는 금액을 세금으로 내야했다.

작년 봄 아버지 돌아가시기 전 나는 막내 동생이 살고 싶어 하는 연대 앞 연희동에 제대로 된 집을 얻어 주었다. 그리고 근 15년 전 아버지 어머니 모시려고 둔산동 아파트를 사던 때 쾌히 1억을 빌려주신 선배에게 이자 좀 붙여서 빚을 갚았다. IMF 외환위기 때 가양동 집을 팔고 아버지 어머니가 성남동 6차선 도로변 상가주택 2층으로 이사 가실 때 완벽하게 수리를 해드렸는데도 1년도 못 사셨다. 이사 전 뇌수 막하 출혈로 수술을 받으신 어머니가 차가 많이 다녀 집이 울리고 시끄러워 심란하여 못 살겠다고 하였다. 그래서 큰 아들인 나는 그 선배에게 내 퇴직금을 담보로(?) 빚을 내서 둘째 동생네 집에서 가까운 둔산동 아파트를 사서 아버지 어머니를 이사하게 하고 조용한 환경에서 살게 했었다.

금산 땅 팔고 세금 왕창 뜯기고 동생 집 얻어주고 선배한테 빚 갚고 남은 돈은 모두 아내에게 주었다. 신혼 때 내가 싱가포르로 나가고 2년 동안 남편도 없는 시집에서 고생시킨 보상을 금산 땅 팔아서 얼마라도 하게 되었으니 정말 다행이다.

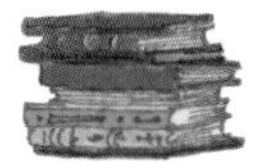

아내와 나의 반 은퇴 일자리

2001년 내가 한창 잘 나가던 대기업 부장 시절에 아내와 나는 우리의 앞날에 대하여 이야기를 했다.

"내가 임원이 되면 좋겠지만 안 되면 1~2년 후 퇴직할 수밖에 없게 돼. 그러니 준비를 해야 하는데 당신이 부동산중개사 시험공부를 하면 어때? 당신이 자격증을 따 놓으면 내가 퇴직하게 될 경우 긴 공백 없이 그 자격증 걸고 바로 부동산 중개 일을 하면 되잖아."

아내는 내 생각대로 학원을 알아보고 우리 집에서 가까운 서현동 부동산중개사 학원에 등록을 하였다. 학원의 규정에 따라 6개월 등록금을 다 내고 교재 8권을 샀다. 2주 정도 학원에 다니던 아내가 어느 날 저녁 이렇게 말하였다.

"여보, 나 학원에서 강의하는 말 도대체 무슨 말인지 못 알아듣겠어. 나 차라리 보육교사 자격증을 따서 어린이 집을 하는 게 좋겠어."

"아니, 그러면 당신이 일을 해야 되잖아? 일은 내가 해야지. 그리고 아이들 돌보는 게 보통 일이 아니잖아. 부동산 중개하는 일이 쉽지."

"아니야. 나는 그게 훨씬 낫겠어. 부동산 관련 일은 도저히 안 되겠어."

도저히 못하겠다는 공부를 어떻게 계속하라고 할 수 있겠는가? 부동산중개사 학원비와 책값만 날리고 2주 만에 아내는 그만두고 말았다. 그 다음 해 아내는 새마을 연수원 보육교사 교육과정 1년 코스에 비싼(?) 학비를 내고 등록하였다. 등교와 하교는 새마을 연수원 버스를 이용하였기에 아주 편리하였다. 간혹 버스를 놓치는 경우가 발생하여도 우리 집에서 가까운 거리였기 때문에 수업 시간 전에 우리 차를 타고 갈 수 있었다. 학생들 나이가 20대부터 40대까지 나이 폭이 컸기 때문에 젊은 사람과 나이 든 사람을 골고루 섞어서 7~8명을 한 그룹으로 조를 만들어 조원들끼리 서로 도우며 공부를 하게 하였다. 방학도 없이 꼬박 1년을 공부하는 과정이었다. 아내는 뭐든지 결정하여 시작하기만 하면 열심히 하였고 잘 하였다. 졸업식 때 경기도 교육감상을 받았다. 나는 졸업식장에 가서 아내가 상 받는 장면을 사진 찍고 축하해 주었다. 졸업식이 끝나고 나서 아내와 함께 공부한 조원들을 모두 모시고 나가서 기분 좋게 점심을 샀다. 졸업 후 아내와 함께 공부한 조원들 중 한 사람은 분당에서 놀이방을 또 다른 한 사람은 용인에서 어린이 집을 개원하였다. 함께 공부한 사람들이 일을 시작하자 아내도 이왕 1년 동안 공부하여 자격증을 취득하였으니 "아파트 1층을 전세로 얻어서 놀이방을 할까?"하고 나에게 물었다. 나는 "뭐 힘들게 일을 하려고 그래? 그 자격증은 내가 실직하였을 경우에 대비하여 따 놓은 것이잖아. 내가 지금 회사 잘 다니고 있는데 당신이 뭐 하러 일을 해? 내가 지금 다니고 있는 회사를 그만두고 다른 일자리를 못 잡으면 하든지 하지."라고 반대하였다. 나의 부정적인 반응에 아내는 1년 동안 열심히 공부하여 취득한 자격증을 썩히기 아까웠든지 친정어머니와 상의를 하였나 보다. 장모님도 "임 서방이 대기업 부장으로 잘 나가고 있는데 무슨 고생을 사서 하려고 그래?"라고 말씀하시면서 하지 말라고 하셨다고 한다. 아내가 직접 집을 얻어서 놀이방이든지 어린이집을 개원하는 일이야 단념하였지만 전혀 자격증을 안 써먹은 것은 아니었다. 같은 해 120여 명 졸업생들 중 최고 성적을 받아 교육감상을 수상, 실력을 인정받았기에 놀이방이나 어린이집을 개원한 사람들이 종종 불러 주었다. 선생님들이 휴가든 병가로 빠질 때 아내를 불러주었기에 몇 주씩 또는 몇 달씩 일을 하여 용돈벌이를 하였다.

2011년 2월 성남 수정구에 있는 한 초등학교에서 부모가 다 직장에 다니는 아이들을 학교 수업이 끝나고 돌보는 어린이 돌봄 교실을 운영하기로 하였다. 그런데 채용공고를 내도 지원자가 없었다. 이 학교가 외따로 떨어져 있어서 대중교통이 불편하여 출퇴근하는데 시간이 많이 소요되는 데다 근무시간이 짧아 급여가 적기 때문이었다. 또 이 동네가 곧 재개발되어 학교도 곧 문을 닫을 것이라는 소문이 있어서 채용되어도 몇 년 근무하지도 못할 것이라고 예상하였기 때문에 지원자가 없었다. 그 당시 나는 리비아에 나가 있었다. 우리 집 차를 아내가 쓰고 있었기에 아내는 출퇴근하는데 전혀 문제가 없었다. 딸은 직장 다니고 아들도 대학교에 들어갔으니 자식들 돌볼 일도 없어졌다. 아내는 이 학교에 보육교사 자격증과 교육감 상장을 제출하면서 지원하였다. 다른 지원자가 없었기에 3월부터 아내는 초등학교 방과 후 돌봄 교사가 되었다. 결혼과 함께 다니던 공기업을 퇴직하고 결혼 후 27년 이상 현모양처로만 살아온 아내가 50 중반 가까이 되어서 일자리를 잡은 것이다. 내가 뜻하지 않게 리비아 내전으로 귀국, 퇴직을 하여 우리 집 가계수입이 제로가 될 뻔하였는데 아내가 취직을 하여 얼마나 다행인지! 10년 전 내가 퇴직할 것에 대비하여 준비한 아내의 자격증이 그대로 적중한 것이다. 하나님의 인도하심에 얼마나 감사한지! 오후 다섯 시간 정도 근무하는 직장이다. 오전엔 집안일하고 다른 볼 일 있으면 일도 보고 오후에 출근하는 아주 좋은 직장이다. 그때부터 지금까지 아내는 6년 넘게 잘 다니고 있다. 2018년 7월 퇴직예정이다.

2013년 6월 사우디에서 귀국하고 8월 퇴사 후 더 이상 일자리를 구하지 못하니 어쩔 수 없이 나는 은퇴한 것이 되어버렸다. 9월 성남 분당지역에 있는 두세 곳의 도서관에서 개설한 여러 강좌에 등록하고 은퇴생활로 접어들었다. 월요일부터 금요일까지 빡빡하게 독서모임, 명화 감상, 컴퓨터, 중국어, 원어민 고급 영어 등의 여러 강좌에 쫓아다녔다. 점심은 도서관 식당에서 먹었다. 도서관에 매일 출근을 하니 먼저 퇴직하고 같은 강좌에 나오는 나보다 나이 많은 선배 어른들과 자연스럽게 인사를 나누게 되고 얘기를 하게 되었다. 선배 어른들이 한결같이 나를 보고서는 이런 말들을 하였다.

"아직 한창 젊어 보이는데 어떻게 해? 아직 일을 해야 하는 나이인데. 벌써 이런 데 나오면 안 되지."

"어르신 보시기에는 제가 젊어 보여도 저도 60이 다 되어 갑니다."라고 내가 대답하였더니.

"어허! 이 사람아, 60이 뭐야, 요즘은 60이 아니고 최소한 65살까지는 일을 해야 되네. 나는 내일모레 70인데 일자리만 주어진다면 더 일하고 싶어."

"과거 잘 나가던 때는 완전히 잊어버리고 웬만한 경력은 이제 이력서에 쓰지 말고 일자리를 찾아보게. 그저 건강을 위해서 정기적으로 출근하는 자리만 있으면 나가야 돼! 급여가 문제가 아냐! 내가 왜 이 강좌에 나오는데? 배우러 오는 게 목적이 아냐. 건강 유지하기 위해 규칙적으로 움직이고 활동하려고 오는 거야!"

이런 말씀들을 하시었다. 그분들이 자신들의 경력을 얘기하지는 않았지만 도서관에 나와서 책 읽고 강좌 듣고 공부하는 모습으로 보아서는 화이트칼라의 일자리, 대기업이나 공기업 임원 정도의 직책에서 일하였을 것으로 추측되었다. 그 선배 어른들의 말이 일리가 있다는 생각이 들었다. 또 한 번은 도서관 가는 길에서 같은 강좌를 듣는 여자분을 만나 함께 가면서 얘기를 나눈 적이 있었다. 그 여자 분도 내가 너무 일찍 퇴직하였다고 느꼈는지 퇴직 전에 어디 다녔냐고 물어왔다. 내가 대기업 다니다 은퇴하였다고 말하자, 이렇게 말하였다.

"저의 남편은 내로라하는 대기업은 아니지만 그래도 65살이 넘은 나이에 아직도 일을 하고 있어 다행입니다. 남편 친구들은 젊어서는 대기업의 임원을 하고 잘 나갔었지만 지금은 다 은퇴하고 놀고 있죠. 그런데 그렇게 잘 나가던 친구 분들 모두가 65세가 넘었는데도 일할 데 없냐고 그렇게들 일자리를 찾더라고요. 아직 젊으신데 중소기업에 적당한 자리 찾아보세요."

광교 우리 아파트 건너편에 경기도 중소기업 지원센터가 있다. 나는 거기 전화를 하고 내 이력서를 메일로 보내고 상담을 신청, 방문하였다. 나는 해외 실무경력이 10년쯤 되고 다른 여러 나라에도 출장 다니며 일했었다. 해외에 진출하고자 하는 중소기업에서 혹 나 같은 사람이 필요하지 않을까 해서였다. 내 경력을 미리 본 상담자에게 어떤 일자리가 있겠는지 물어보았다. 담당자는 "글쎄요. 선생님 같은 분들이 재취업하기는 참 어려워요. 그래도 대기업의 부장, 지사장, 중견그룹의 임원까지 지내신 분을 중소기업 사장님들이 어떻게 부리겠어요?" 하였다. 그래도 나 같은 사람이 일할 데가 도저히 없는지 재차 물었다. 상담자는 화이트칼라 직업군에서 임원까지 근무하던 내 나이 또래의 사람들의 일자리를 새로 찾기는 한마디로 불가능하다는 것이었다. 50 중반을 넘어 60이 다 되어가는 사람을 누가 쓰겠느냐는 것이다. 누군가 소개하여 그 회사에서 모셔가지 않는 한 나 같은 경력자의 일자리는 없다는 것이었다. 그러면 어떻게 하느냐고 떼를 쓰듯 물었다. 어떤 자리를 말씀하셔도 좋으니 말씀 좀 해보라고 했다. 상담자는 말하기 송구스럽지만 이제는 경비나 택배 배달 같은 단순노동 일자리밖에 없는데 그런 자리에 가서 일 할 수 있겠는지 되물었다. 그러면서 그래도 나는 영어를 하니 미군부대에 혹 적당한 일자리가 있는지 알아보라는 것이었다. 마침 미군부대가 용산에서 평택으로 이전하게 되니 서울에서 근무하던 사람들 중 혹시라도 평택으로 따라가지 않는 사람이 있으면 빈자리가 나올 테고 또, 새로운 일자리도 생기지 않겠느냐면서 그쪽에 찾아보라는 것이었다. 상담 후 나는 집으로 돌아와서 미군부대 일자리를 집중 검색하였다. 새롭게 나오는 미군부대 일자리는 대부분 허드렛일이었고 또 나이도 30대 이하 젊은 층이 취업하는 자리였다. 젊은 사람들은 일단 어떤 궂은일을 하는 자리라도 미군 부대 일자리를 잡아 들어간다. 그리고 부대 내에서 각자 보다 좋은 일자리를 찾아 이동하고 최종 정규직으로 완전히 자리를 잡는다.(통상 3번 이상 자리를 이동하는 듯하였다.) 나이 든 내가 갈 곳은 영어 구사능력을 조건으로 뽑는 계약직 일자리밖에 없었다. 2014년 4월 나는 토익 4가지 시험(읽기, 듣기와 말하기, 쓰기)을 통과한 후 일단 평택 미군부대로 들어갔다. 그리고 3개월 후 7월 성남 미군부대로 이동하여 현재까지 일을 하고 있다. 1주일에 3일 정도 근무하니 반은퇴 직장인 셈이다. 2018년 4월 이 부대가 평택으로 이사를 가게되면 이곳 나의 일자리는 없어지고 나는 퇴직예정이다.

완전 은퇴 후 삶

나는 노동의 가치를 누구보다도 귀하게 여긴다. 인생을 살아가는데 일이 없는 사람같이 불쌍한 사람은 없다고 생각한다. 그렇지만 사람은 평생 일만 하려고 태어난 게 아니라고 확신한다. 인도 힌두교에서는 인생을 크게 4단계로 구분하여 살라고 가르친다고 한다. (1)태어나서 배우는 단계 – (2)결혼하여 자식을 낳아 기르고 재산을 축적하여 가정을 세우고 사회적 의무를 다 하는 단계 – (3)가정과 사회를 떠나 명상과 청정한 종교생활을 하는 단계 – (4)완전히 세속을 떠나 해탈을 추구하는 단계로. 종교적인 부분은 차치하고 인생의 단계를 구분하는 데는 공감이 간다.

나는 2018년 4월, 아내는 2018년 7월 퇴직예정이다. 나는 개인연금은 작년부터 국민연금은 올해부터 받고 있다. 아내는 퇴직하는 무렵 개인연금을 받게 된다.(아내의 국민연금은 임의 가입으로 시작하여 10년 정도 불입하였기에 많지는 않지만 2020년부터 나온다.) 아내와 나 두사람의 연금을 모두 합치면

매월 받는 연금액수가 그렇게 큰 금액은 아니지만 평생 근검 생활로 잘 살아온 우리 부부가 살기에 부족하지도 않을 것이다. 문제는 돈의 많고 적음에 있지 않다고 본다. 은퇴 후 중요한 것은 남은 인생을 어떻게 잘 사느냐이다.

2014년 4월부터 나는 반 은퇴 생활을 하고 있다. 1주일에 3일은 일하고 2일은 도서관 두 군데 독서모임에 참여하여 매주 두 권의 책을 읽고 있다. 회원들이 서로 추천하여 책을 정해서 읽고 나누며 즐겁게 생활하고 있다. 책을 읽은 후 나와 생각이 같고 또 같은 감정을 느끼고 말하는 회원들은 나의 생각과 감정을 강화시켜 준다. 같은 책을 읽었어도 내가 생각하지 못한 부분을 말하는 회원들은 나를 깨우치고 나의 사고의 폭을 넓혀 준다.

완전 은퇴 후 나는 더 이상 돈 버는 일을 하지 않으련다. 책을 한 500권쯤 읽고 나서는 내가 살아오면서 만난 사람들을 소재로 독자들의 가슴에 정말 와 닿는 이야기를 쓰려고 마음먹고 있다. 은퇴 전 사회에서 나의 직업은 건설자재구매전문가였다. 은퇴 후 나는 '책 읽고 여행하고 글을 쓰는 사람' 이 될 것이다. 60 넘어서는 작가로 살아갈 것이다. 글이 잘 써지면 좋겠다. 잘 안 써져도 어쩌랴?

나는 결혼 초부터 일방적으로 아내에게 우리 부모님에게 순종과 헌신만을 요구하였기에 너무 미안했고 그래도 못난 남편을 따라 준 아내에게 너무 고마웠다. 신혼 초 2년 동안 남편도 없는 시집에 아내를 들여보내서 너무나도 심한 고생을 시켰었기에 후일 반드시 아내를 누구보다 행복하게 해주겠다고 결심을 했다. 해외 근무와 출장 등으로 어디든지 좋은 데를 가면 언젠가 아내를 데리고 함께 와보리라 마음먹곤 했다. 싱가포르 근무 중 휴가를 와서 아내와 하루 또는 며칠 국내여행을 했을 때 아내는 너무도 좋아했다. 시집으로부터의 속박에서 벗어나 훨훨 날아갈 듯이 좋아하는 아내를 보고 나는 결심을 했다. 언젠가 때가 되면 형편 되는 대로 아내에게 해외여행을 시켜주겠다고.

1994년 입사 후 15년 근속 특별휴가를 받은 나는 아내와 첫 해외여행으로 12일간 유럽을 다녀왔다. 그 후 형편이 못 미쳐 못 가던 해외여행을 2000년부터는 시간을 내어 일본, 중국과 인도 또 미국과 캐나다, 호주와 뉴질랜드 그리고 유럽의 여러 나라를 여행하였다. 많은 나라를 여행하였지만 아내와 나는 아직도 가보고 싶은 나라가 많이 남아 있다. 아내와 나는 나이가 들었지만 아직도 새로운 곳에 대한 호기심과 기대, 흥분이 우리를 행복하게 만든다. 지갑이 두둑해서 가는 풍족한 여행은 아니다. 빡빡한 살림 속 여행에도 아내와 나는 행복했다. 완전 은퇴 후부터는 여행자처럼 살고 싶다는 생각을 한다. 우리나라 해변이나 산골 마을에서, 형편이 되면 프랑스 남부의 작은 마을에서, 미국의 조용한 도시 유타에서 아내와 둘이 몇 달씩 머물며 그곳에서 살아보고 싶다는 꿈을 가지고 있다. 그리고 그곳에서 글을 쓰고 싶다. 지금 소설뿐 아니라 역사, 인류학 등 이 분야 저 분야 많은 책을 열심히 읽고 있는 이유다.

우리 딸 지영이와 아들 주황이도 다 졸업하고 사회인이 되었다. 요즘 취직하기 어려운데 둘 다 직장에 다니고 있으니 얼마나 다행인지……. 딸과 아들이 1단계 배움의 삶을 마치고 2단계 사회에 나왔으니 아내와 나 우리 세대는 우리의 자식 세대에게 이 사회를 넘겨야 한다. 우리 마음에 들든지 안 들든지 다음 세대의 사회가 잘 되기를 바라며 우리는 이제 3단계 그리고 4단계의 삶으로 넘어가야 한다. 나는 내가 생각하는 멋진 3단계의 삶, '책 읽고 여행하고 글을 쓰는' 은퇴 후 삶을 살련다.

편지 글쓴이 아내와 나 (2016년 가을 대전 계족산 코스모스)

우리나라 해변이나 산골 마을에서, 형편이 되면 프랑스 남부의 작은 마을에서, 미국의 조용한 도시 유타에서 아내와 둘이 몇 달씩 머물며 그곳에서 살아보고 싶다는 꿈을 가지고 있다. 그리고 그곳에서 글을 쓰고 싶다.

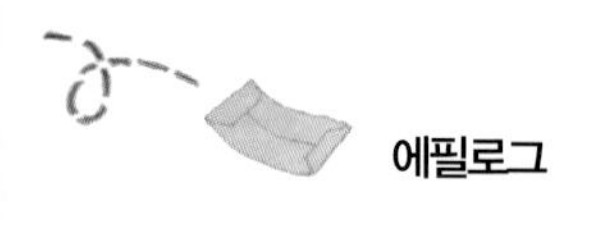

에필로그

하고 싶은 일을 하는 게 축복이다

대학교 1학년 때 만나서 지금까지 교제하는 친구가 있다. 친구는 은퇴하여 사학연금을 받으며 지내고 있다. 우리는 한 달에 한 번 만나 남산 둘레길이나 과천 대공원 둘레길을 걸으며 책 이야기나 여행 이야기 등을 나누며 서로에게 좋은 영향을 끼치며 살고 있다. 이 글의 큰 줄거리는 리비아에서 썼지만 다시 정리하고 가감한 후 그 친구에게 교정을 부탁하였다. 남산 도서관에서 그 친구가 교정을 끝낸 후 이렇게 말하였다.

"야!~ 너는 이제 죽을 준비 다 했네."

그렇다. 나는 죽기 전 하고 싶은 1순위 과업을 한 셈이다.

내가 싱가포르 근무를 마치고 귀국, 아내와 신혼 때 살던 서울 집으로 이사하고 지극히 평범한 직장인의 가정생활로 돌아온 지 얼마 지나지 않아 아내가 한 말이 생각난다.

"당신, 망각도 은혜인 줄 아세요."

"망각이 은혜라니?"

"저 당신도 없는 시집에서 부모님과 네 명의 동생들 뒷바라지하며 혼자 2년 넘게 어떻게 살았는지 꿈만 같아요. 그 2년 동안의 설움이 현실 같지가 않고 꿈을 꾼 것만 같아요. 그냥 자다가 잠깐 악몽을 꾼 것 같아요. 지금 당신과 사는 이 행복이 문득문득 꿈이 아닌지 깜짝깜짝 놀라기도 해요. 저에게 망각은 놀라운 은혜예요. 당신도 없는 시집에서 제가 당한 설움이 잊히지 않고 제 기억에 남아 있다면 얼마나 큰 고통이겠어요? 부모님과 동생들 한 사람 한 사람으로부터 받은 서운함과 그때의 서러움이 제 머리에 남아 있다면 어떻게 시집 식구들을 보겠어요. 하나님께서 저에게 망각의 은혜를 주신 것 같아요. 시집에 대해서도 시집 식구들에 대해서도 어떤 감정도 남아 있지 않고 사라졌으니 망각의 은혜라고 아니할 수 없잖아요."

살아온 인생길을 돌아보면 지금은 한순간의 꿈이었던 것 같지만 그때는 긴 여정이었다. 아내와 내가 부모님과 동생들을 위하여 신혼에 떨어져 고생을 하며 살던 때 어머니 말씀 중에 옳지 않은 말씀이 있었다.

"할 만하니까 하는 거지."

"어머니, 할만해서 하는 게 아니잖아요. 뛰쳐나가는 수밖에 없는데 친정부모 생각해서 몸과 마음이 부서져도 그러지 못하니 어쩌겠어요? 어머니도 아시잖아요?!"

"……"

어머니는 그때 대답을 안 하시고 침묵함으로 아내의 어려움을 인정하시었다.

이 글에 수록된 아내의 편지는 9통이다. 아내가 내게 쓴 편지는 전부 94통이었으니 10%정도를 이 책에 기록으로 남기는 셈이다. 처음 이 글을 쓸 때는 아내의 애절한 심정이 담긴 편지를 20통 정도 포함하였다. 내 의도는 아내와 내가 젊어서 사서 고생하던 그때 아내가 쓴 편지글 자체를 원문 그대로 이 책에 가능한 많이 남기고 싶었다. 독일의 실증주의 역사학자 랑케의 정의대로 사실로서의 역사, 있었던 그대로의 과거를 이 책에 기록하고 싶었다. 그러나 아내가 구구절절 편지마다 다 비슷한 내용이라고 반으로 줄이라고 해서 거의 반을 뺐다. 어머니와 장모님의 편지와 동생의 편지도 각각 한 통씩 기록으로 남긴다. 내가 아내에게 쓴 편지 수는 사실 아내가 쓴 편지 수보다 더 많아 101통이나 된다. 그러나 두 통만 포함하였다. 나는 내 목적, 우리 집안을 위하여 갓 시집온 아내를 희생시킨 사람이었으니 무슨 할 말이 있었겠는가? 변명과 '참자'라는 말밖에는 쓸 것이 없었다. 정말이지 그때 아내는 할만해서 그렇게 산 것이 아니었다. 나는 아내에게 지독한 희생을 강요한 죄로, 나라는 사람과 나의 천사, 내 아내의 이야기를 남기고 싶은 마음에서 이 글을 썼다. 아내와 나의 이야기가 우리 베이비부머, 특히 그 시대 장남들의 역사 이야기니까.

많은 사람들이 나이 들어서도 움직일 수만 있다면 일을 해야 한다고 말한다. 맞는 말이다. 그런데 많은 사람들이 하려는 일이 돈 버는 일이니 문제다. 60이 넘어 일자리를 찾는 사람들에게 나는 이렇게 말하곤 한다.

"60이 넘으면 돈 버는 일자리는 후배 세대에게 넘겨야 합니다. 언제까지 나만 벌다가 죽으려고 합니까? 이제 일자리는 후배들에게 넘겨주고 우리는 좀 놉시다."

내가 말하는 노는 일이란 내가 하고 싶은 일을 하자는 이야기이다.

"이젠 정말 내가 하고 싶은 일을 합시다. 돈 버는 일 말고!"

노후준비가 제대로 되지 않은 분들에게는 미안한 말이지만 작게라도 먹고살만한 분들에게는 진심으로 드리고 싶은 말이다. 노후준비가 안 된 사람들이 많아서 60, 70이 넘어도 일을 해야 하는 사람들이 많다니 정말 안타깝다. 국가에서 기본생계비를 보장해주는 제도가 빠른 장래에 확립되어야 한다. 어쨌거나 60이 넘은 사람들은 아무리 건강을 잘 챙겨도 팔팔한 젊은 시절과 같은 건강 상태를 유지하기가 쉽지 않다. '생로병사'의 자연법칙을 거슬릴 수는 없다. 60이 넘었다는 건 이렇게 표현하기는 싫지만 늙었으니 어떤 문제로 언제 죽을지 모른다. 그러니 은퇴 후에는 모두가 각자 하고 싶은 일을 하며 살기를 바란다. 노후에도 돈 버는 일만 하다가 죽어서는 안 된다. 내가 진정 하고 싶은 일을 하고 인생을 매듭지어야 한다.

나는 완전 은퇴 후 '작가'로서 후반기 인생을 살고 싶다. 그러나 유명작가를 목표로 정하고 이루기 위하여 인생 전반부처럼 처절할 정도로 열심히 살지는 않겠다. 젊어서 가정과 직장, 사회를 위하여 열심히 살았으니 이제는 그냥 내가 하고 싶은 일, 책 읽고 쓰기도 하고 가보고 싶은데 여행하면서 여유 있게 살고 싶다. 쓰려는 글이 잘 써지면 좋겠다. 그러나 잘 안 써져도 어쩌랴? 여유를 갖고 쓰다 보면 명작이 나올 줄 누가 알겠는가?

내년 봄 완전 은퇴 후 나는 또 하나 쓰고 싶은 글이 있다. 제목은 벌써 정했다 〈남자들〉이다. 이 책 〈나는 내 아내가 너무 좋다〉의 제목은 무려 10여 년 전에 정했는데 책은 이제야 나왔다. 대체적인 줄거리는 오래전에 썼지만 그동안 직장 생활하느라고 정리하지 못하고 있었는데 현재 다니는 직장에서 만나 함께 일하는 동료의 진심 어린 독려로 빛을 보게 되었다. 인생길에서 만나는 사람이 얼마나 중요한지 깨닫는다. 다음 책 〈남자들〉은 완전 은퇴 후에 쓸 것이니 이 책처럼 오래 걸리지 않았으면 좋겠다. 여자들의 삶의 이야기는 많은 것 같은데 남자들의 삶의 이야기는 잘 찾지 못하겠다. 그래서 내가 한번 써 보고 싶다. 모파상과 채만식의 〈여자의 일생〉이라든지 신경숙의 〈엄마를 부탁해〉같이 여자들의 이야기는 많이 읽힌다. 남자들의 이야기는 카프카의 〈변신〉정도일까? 많지 않은 듯하다. 그래서 내가 살아오면서 만난 남자들의 이야기, 삶의 현장에서 외로운 투쟁을 하며 사는 정작 불쌍한(?) 남자들의 이야기를 쓰고 싶다.

나의 첫 번째 책 〈나는 내 아내가 너무 좋다〉를 내어 놓으면서 어쭙잖은 글을 읽어 주고 교정해 준 직장동료와 친구에게 감사한 마음을 전한다. 이 글에 관심을 갖고 선뜻 출판에 응해 준 도서출판 가문비에도 감사를 드린다.